メディアワークス文庫

嘘つきみーくんと壊れたまーちゃん 完全版

背景は不幸

人間

一章『あ、異常』

「校長の名前が藤原基経《ふじわらもとつね》で、生徒会長が菅原道真《すがわらみちざね》、二年の学年主任が橘広相《たちばなひろみ》ですよーって書いておけばいいんじゃない？」

「その事実がどんな層への求心力に繋《つな》がるんだよ」

せっかくの意見にもクラス委員の金子《かねこ》は首を捻《ひね》り、唸《うな》った。こっちとしても首を捻りたい問いかけをされたのだから、無理もない。

来年の受験生に対するパンフレットの作成で、我が校の特徴を片端から尋ね回っているクラス委員に教室の入り口で捕まっていた。しかし、当校は、いや町自体が基本的に尖《とが》ったもののない田舎だから、親が冗談で名付けたと邪推してしまいそうな姓名の学校関係者を羅列することぐらいしか思い浮かばない。これが精一杯の回答だった。

「他には……この前当校の学生が惨殺されましたとか……」

「そりゃマズイだろ」

金子が苦い顔で却下する。不謹慎だったか。

「まあ、自由な校風とか開放的とか、そんな感じに書いておけばいいんじゃないかな」

最後は捻りのない凡庸な返答に落ち着いた。金子は、それは聞き飽きたといったように苦笑してから、軽く息を吐いた。

「本当はさ、こんなことしてねーでとっとと部活行きたいんだよね」

「部活？　今は危険だからって禁止のはずだろ？」

「大会近いのに、うちの部長がそんなこと認めるかよ」

金子が夜更かしを誇る小学生みたいに話していると、その背中を押すように女生徒が現れた。同級生の御園《みその》マユだった。押《お》し退《の》けるように金子と扉の間を抜け、廊下に出ていく。

「あ、ちょっと」

金子が咄嗟《とっさ》に、その背中に呼びかける。御園さんは、普段の落ち着いた印象とは異なり、睨《にら》みつけるように振り返った。

「なに？」

「あ、いやー……」

その喧嘩腰《けんかごし》の態度に気圧《けお》されたように、金子はだらしない笑みを浮かべて目を泳がせる。こちらに横目で助けを求めていることに気付いても、無視して御園さんをジッと見つめていた。

「……なに？」

もう一度問いかける。表情に、怪訝《けげん》を伴って。

御園マユはなかなかに美人と評価する。いや、正直に言えばかなり美人、いやいやとてつもなく美人と個人的に判定する。ようするに、大変好ましい。花丸だ。

セミロングの髪は一度染めてから飽きたのか、茶髪の残骸が黒髪に埋もれている。

ブレザーの袖口から覗《のぞ》くシャツは、蒸し暑い十月上旬に真っ向勝負を挑む長袖だった。

「わたし、用事があるんですけど」

同級生にも、御園さんは丁寧語で接する。他人への拒絶を図る姿勢。けれどそれは、壁ではなく、牽制《けんせい》として取れる。

人を怖がっている小動物が、御園さんに対しての印象だ。

「呼び止めてごめん。急ぎの用があるなら、別にいいんだ」

金子の代わりに答える。御園さんは「そうですか」と小さく呟《つぶや》き、階段の方へ足早に、しかし左右に落ち着かない足取りで向かっていった。

その背中を眺めながら、金子が肩の強張《こわば》りを解いて軽く深呼吸する。

「御園って、あんな怖かったっけ」

「さあ……。僕も、そんなに知らないからね」

　適当にうそぶく。本当はあの態度の理由を、九割九分九厘の確信を持って説明することは出来る。金子は尚《なお》も首を捻っていた。さっきから首が垂直に戻っていない。

「最近帰るの早いし……」

　軽く訝《いぶか》しみながら、教室を振り返る。こちらも釣られて横目で見る。

　まだ教室には、ほとんどの生徒が残っている。教科書を詰め込む者、隣近所と談笑する者とそれぞれではあるけど、御園さんの席が廊下から最も遠い場所であることを考慮すれば、異例の速さといえる。

「いつも早かった気はするけど、そうだな、用事でもあるんじゃないか」

「毎日あんの？」

「あるんじゃない？　美人というのはきっと、色々舞い込んでくるんだよ」

　嘘《うそ》だけど。

「それにどうせ聞いたって、聞き飽きたような答えが返ってくるだけだよ」

　適当なフォローをする。金子は気が抜けたように頭部を人差し指で掻《か》いてから、ようやく首を真《ま》っ直《す》ぐに戻した。

「ま、そーなんだろうけどさ。でも、あいつが自由とか開放的とか言っても、違和感があるよなあ」

「そうだね」

そんなこともない。反論の余地はあったけど、早めに会話を切り上げるために、適当に同意しておいた。

「それじゃ、そろそろ」

「ん、ああ。また明日な」

大雑把に手を振り合って別れ、廊下を歩き出す。廊下は、温《ぬる》い昼下がりの日光を浴びて、停滞した空気を形成している。そんな、温かみで淀《よど》んだ空間を足早に突っ切り、隣のクラスを横目で眺めながら階段を一段飛ばしで下りていった。

そして昇降口の下駄箱《げたばこ》で、慌てたように靴を履き替える御園さんが、校門を出て十秒経《た》ったことを確認して、その背中を一定の距離を開けて追い始めた。

今日の放課後は、探偵ごっこをして遊ぼうと決めていた。


ここは明確に田舎の町だけど、最近は全国ネットで名前を挙げられる機会が増加し、主に警察の注目が集まっている。二つの事件が起きたからだ。犯人は同一犯の可能性もあるから、二件として扱うかは人それぞれだ。

　連続殺人事件と、一つの失踪事件。

　ここ何ヶ月もの期間に町を襲っている、悪意の極み。特に殺人事件なんて、侍が刀を振り回していたような時代まで遡らなければ確認出来ないほどの大事件に等しい。まぁ、八年前にもあったのだけど。とにかく八年に一度の出来事には違いない。

　四十代の中年のおじさんが、公民館の脇の路地で惨殺死体として発見されたのが皮切り。胸元を刃物で抉《えぐ》られたのが死因だが、その後目玉は刳《く》り抜《ぬ》かれ、左手は指が全て切断され、耳は半分だけ切り込みが入れてあった。犯人の遊戯の一環と見られ、精神に異常ありと世間で騒がれた。次は、七歳になる小学生の男の子。今度は、顔面が原形を留《とど》めないほど刃物で貫かれていた。この事件以来、小学校では集団登下校を実施し、授業終了の日程も昼までとされて警戒に当たっている。自治会も夕方には総出で巡回を行い、殺人鬼を払拭するべく警察の協力も全面的に得られた。それでも今現在、犯行の防止、犯人の割り出しに高い効果は見受けられない。

　そして更に、殺人以外に発生したのが三週間前の失踪事件だ。小学四年生の男子と、二年生の女子の兄妹《きょうだい》が、黄昏時《たそがれどき》に失踪した。外で不用意に遊ばないというお達しを町内全体で流していたけど、効果はなかったらしい。今までの事件とは異なり、死体が発見されることはなく、誘拐されたのではないかと世間では噂《うわさ》されている。そのため、既存の殺人事件と同一犯と捉えるかは、警察でも悩みどころらしく、両方の線で捜査を進めている、と週刊誌で取り上げられていた。更にその雑誌は、とりわけ誘拐という出来事を強調して特集ページまで設けて、過去の事件と結びつけようとしていた。

「…………………」

御園さんを尾行し始めて、二十分以上経っていた。

人の尻を追いかけるのはこれが初めてなので、尾行する際の適切な距離というものが十分に摑《つか》めない。しかし学校で教えてくれないしなぁ、尾行のやり方。教えてくれたらその人をちゃんと通報するのに。嘘《うそ》だけど。

御園さんの背中が辞典ほどの大きさに見える程度に距離を取って歩く。田舎の、人通りのないたんぼ道を通っているから、不穏な空気を感じた際に身を隠す遮蔽物もない。振り向かれたら、用水路にでも飛び込む覚悟が必要だ。しかし幸い、御園さんは背中など気にかけることもなく帰宅路を進んでいる。本人的には急ぎ足のつもりらしいその足取りは、左右に揺れて定まらず、かといって熱に冒されているわけでもない。

やがて、舗装された道路に入り始める。ぽつぽつと一軒家も見受けられるようになり、他人の生活区に踏み込んだ気分になった。

御園さんは額や首筋の汗をハンカチで拭いている。夏服でも汗が浮かぶような気候で、相当に熱気を帯びているのだろう。それでも、猫背の前傾姿勢で減速はしない。

途中、犬の散歩をしていた爺《じい》さんに会釈されたけど、御園さんの狭い視界には入っていなかったらしく、完全に無視していた。仕方なく、爺さんとすれ違った際に代役として二度頭を下げておいた。爺さんは、首を傾《かし》げて意味を窺《うかが》うように犬を見ていた。

「しかし、意外と遠いな……」

自転車の使用を考慮すべき距離だ。けど御園さんが自転車に乗れないことは知っている。平衡感覚が正常ではないのだ。そのうえ、遠近感も満足に摑めていない。だから御園さんは階段を昇降する際に、手すりが必須となる。バレーボールでもボールに触れることさえ叶《かな》わず、バスケットボールではパスされたボールを顔面で受け止め、放ったシュートがリングどころかボードにも当たらないことだってある。……断っておくが、いつも付け回しているわけではない。

同じ学校で、ちょっと偏執的に目で追いかけていれば入ってくる情報ばかりだった。

住宅街に入る。田舎の土地持ちが高値で売却した田園の跡地の上には、建て売り住宅の看板が目立つ。数年前から掲げているはずだけど、その看板が減った記憶はない。

明らかに失敗だった。移り住みたい土地であるかは正直怪しいだろう、今は特に、治安も最悪だし。

人気《ひとけ》のない建築物の群れを通り過ぎて、御園さんは交差点を越えた先にあるスーパーへ向かっていく。彼女が信号のない道路を越える際、右足に左足を引っかけて転倒しそうになるのを見ていると、ただ追いかけていていいのかとほんの少し思った。

御園さんはよたつきながら駐車場を通ってスーパーの店内に入っていく。外にある花と野菜の売り場は、時間帯のためか客の姿も疎《まば》らだった。店内まで深追いはせずに、少し離れた自販機の前で、何を買うか迷っているように装い、買い物を済ませるのを待つことにした。

「…………」

失踪事件にまき込まれたのは、ここから近場の小学校の生徒だった。今も、そして昔も。

八年前にも一度、失踪事件が起きた。三十代の男性が小学三年生の男女を誘拐し、一年近く監禁して、暴行と性的虐待を与えた。最後は犯人の死亡で解決したその事件を彷彿《ほうふつ》とさせるような今回の件で、第二の彼がこの町に、と噂になっている。つまり皆、失踪ではなく誘拐事件が再発したと捉えているのだ。

特に根拠もなく、一回起きたならもう一回起きるだろうという適当な盛り上がりだ。この町では犯人を栽培でもしていると思っているのだろうか。

　自販機の冷たいのボタンを押して出てきた生温かいお茶を飲みながら、御園さんの買い物を待ち続ける。

「…………………………」

　とかく女性は買い物にかける時間が長いという、じゃあ男は買い物が短くないと示しがつかなくなって面倒じゃないか、と捻くれた意見を唱えたくなるような言葉があるけど、当てはまる事例を体験すれば、正鵠《せいこく》を射ている気がしてくるものだ。

「……なげえ」

　一本目のお茶をできる限り、薄く引き伸ばして飲んでいたけれど、そろそろ二本目が必要になってきそうだ。あまり水分を取ると、プールで溺れた時のように眉間が痛くなるのが嫌だった。既に三十分近く自販機の前でお茶吸引係を担っている。時を同じくして商品を納入しに来たトラックのお兄さんが、仕事を終えて駐車場に戻ってきた時に、変わらない光景を見て、怪しい人を見る視線を投げかけてきた。誘拐犯と思われたかもしれない。好青年っぽく会釈をしてみた。殺人犯と思われたかもしれない。

　そんな心温まる交流を経てから更に二十分はティータイムに費やしようやく、御園さんは袋を左手に提げて戻ってきた。時間と品数がとても噛《か》み合《あ》っていないことが、胃の中で揺れるお茶の虚《むな》しさを増加させる。

自販機の周囲を回り、御園さんの視界に入らないようにやり過ごす。彼女の袋からはみ出た林檎《りんご》は何度も万有引力の法則に従うように落ちる。それを拾い上げることを繰り返しながら交差点に引き返し、クラクションを鳴らされながらよたよたと渡る。もしこの場で御園さんが轢《ひ》かれたら、即座に駆け寄るか脱兎《だっと》の如《ごと》く逃走すべきか迷いながら、速やかに交差点を渡った。

御園さんは交差点を右に進んで、新興住宅街の中心部へ向かう。そのアパート、マンションといった貸家が並ぶ地区に、一人暮らしの女子の住処《すみか》はある。水色という微妙な彩色の壁のマンションに、御園さんは林檎を落下させながら吸い付いていく。そして、入り口に吸い込まれた。放置された林檎を拾い上げて、彼女がエレベーターに乗ったことをガラス越しに確認してから入り口の自動ドアを通り抜けた。

何度も落ちたリンゴは既に実がグズグズだった。

入り口よりすぐのホールから廊下を越えると、芝生の目映《まばゆ》い庭が広がっている。一階は様々な店舗が集っていて、下見した時にはＣＤ屋に本屋、それに漫画喫茶まで備わっていた。実に荘厳で立派な、学生が暮らすにもこの街自体にも不相応すぎる場違い空間だけど、今はそれについて論じている余裕はない。玄関ホールにオートロック設備がない、中途半端に田舎が混入した古くからの建築に感謝しながら脇にある非常階段を駆け上がり、エレベーターと同じく三階へ向かった。

僕が言うのもなんだが、不用心が過ぎる。不審者が入り込むのなんて簡単じゃないか。

けしからん。

水色の扉を開き、三階の外側、階下を一望できる通路に顔を出す。御園さんは既に、住居である三〇七号室の前へ到着し、扉の穴に鍵を差し入れていた。そこで手間取っているのか、しきりに手首を捻り、鍵を入れ直し、荷物を足の脇に置いて四苦八苦している。それを観察しながら、考える。

ここまで、スーパー以外に御園さんの寄り道はなかった。やはり、自宅が本命なのか。そうなると御園さんのお家《うち》にお邪魔したいところだけど、流石《さすが》にマンションであるから、ドアにチェーンぐらいはある。チェーンを外側から解除する手筈《てはず》は整っていないし、それ以前に鍵開けの技術も習得していない。泥棒ごっこはとても無理だ。

そして彼女が来訪者の姿を確認して、チェーンを解除することも、室内に招き入れることもないだろう。

……だったら、方法は一つ。

自分で開けられないなら、家主に開けてもらえばいい。

ようやく錠が解けたのか、穴から鍵が引き抜かれる。汗を一拭きし、ドアノブに手が掛かる。

頃合いだ、と口に出して鼓舞し、引き返せない場所へ足を踏み出す。

小走りで駆け寄り、さも当然のような振る舞いで、

「あ、荷物は持つよ」

ビニール袋を拾い上げ、半ば御園さんを押し退けるように入り口の扉をすり抜けた。

「……えっ？」と御園さんが虚を突かれている隙に、余裕綽々《よゆうしゃくしゃく》を演じて玄関に上がり込む。靴を適当に脱いで、足音を強く立てて居間へ向かう。

「ちょっと！　なんなんですか！」

御園さんが侵入者を引き留めようとしても、完全に無視した。整えられたリビングに入る。八分目まで踏み込み、振り返ってから拾い物の林檎を断りなく囓《かじ》った。

落としたときに砂利でも付着していたのか、刺激的な歯ごたえと音がした。

「広いし、片づいている部屋だね。けどテレビの上に埃《ほこり》が積もってる。物が少ないから綺麗《きれい》に見えるのかな？」

テーブルに荷物を置き、平常通りの態度で御園さんに尋ねた。振り向くと、御園さんが殺気立った、能面顔で距離を取っていた。黒い眼球は輝く虹彩《こうさい》を覆うように細められ、手近にあった花のない花瓶を武器として構えている。同級生の来訪を歓迎する態度でないのは明白だ。

「貴方《あなた》、なに？」

「何かは分からないけど、誰かは分かる。君の同級生だよ」

茶化すように答えてから、齧りかけの林檎をテーブルに転がした。そして、横目でこの部屋の奥を確認する。鉄筋コンクリートの洋室の一角に備わった部屋は、臙脂色《えんじいろ》の襖《ふすま》が隙間なく閉じられていた。造りからして和室かな。

「あの……帰ってくれますか？　迷惑なので」

能面顔で落ち着き払っていることを演出しながらも、数秒ごとに横目で和室へ眼球が動いている。その正直さは、小学校の先生なら褒めてあげるところだ。

「君が望むなら、すぐ帰るよ。けど、相手の意向は聞いてあげないのかな」

「……なんのこと？」

「こんなこと」

和室の方へ身体《からだ》を向けた。けれど背後で一歩、強く床を踏み込む音を聞いて、咄嗟に横に飛び跳ねた。ソファを摑んでベリーロールのように飛び越えながら、今し方まで立っていた場所に腕を突き出す御園さんを見た。その両手には花瓶と、高圧電流を発生させる、護身用の武器が握られていた。

「過激だな。けど残念だったね失敗したね。今のが最後の機会だった。本当なら入り口で君はそれを使うべきだったわっとっととぉ！」

距離を取れば、御園マユがどんな凶器を手にしても恐怖に値しない。

などと考えていたら花瓶をぶん投げられて、慌てて避けた。

物の割れる音はいつだって、心まで張り裂けたようで辛《つら》い。

それは人間の骨と肉が傷つく音に、少し似ているからかもしれなかった。

御園さんは、無表情に近い怒りをぶつけてくる。ペン型のスタンガンを胸元に構え、一定の距離をすり足で取る。激昂《げっこう》して飛びかかってくる気配はない。

「あなたは、知ってるの？」

「勿論《もちろん》」

勿論、何も知らない。

御園さんが尋ねたいこと、正しいこと、社会的どーとく、りんり、御園さんの好きなモノ、人付き合いの仕方、林檎の栄養素。全てを知る由《よし》もない。一つだけ、嘘だ。

「これ以上騒ぐと、他の人も不審に思うんじゃないかな」

そう言っておかないと、次々に物を投げつけられたらこちらも危うい。

御園さんが和室の前へ回り込む。その存在自体が嘘をつけないような態度に、普段どうやって生活出来ているのか本気で尋ねたくなった。

「よっぽど大事なんだね。その部屋自体が大切、かもしれない。或《ある》いは、地位か名誉か財産が具現したモノを保管してある。それとも、致命と成りうるモノでもあったりして」

具体的な名詞は出さずに表面をなぞる。御園さんは目立った反応を見せない。何処《どこ》まで追いつめると崩壊するか臨界点が見えないので、悪ふざけは終《しま》いにするとしよう。

今日は別に御園さんを苛《いじ》めに来たわけじゃない。

そして彼女の罪を明らかにするためでもない。

「久しぶりだね」

一拍置いて唇を舐《な》め、こういう時に微笑《ほほえ》みを伴えば人間らしさの項目に優の評価が下されるのかと思いながら、
種明かしのようにその名を口にした。

「まーちゃん」

凶暴性を象徴するようなスタンガンが、床へ落下した。

御園さんの肩が、第三者が端から見ればいじめられっ子のように頼りなく震える。

御園さんの子鹿のような足が、一歩距離を詰める。

彼女の瞳孔が限界まで収縮と膨張を繰り返し、肩の震度は一層、増大する。

「覚えてる？」

意識することなく優しい声音で尋ねた。彼女の足が、更に近寄る。

「みぃ、くん？」

……八年振りの懐かしい名称だ。

「まーちゃん」

大げさに御園マユの肩が反応した。それを静めるように、御園マユの、骨の目立つ身体を抱きしめた。彼女の香りと、汗の匂いが鼻腔《びこう》に届いた。

「みーくん……？」

まだ信じられないといったように、呆然《ぼうぜん》とその名を呼ぶ。

「よしよし」

「みーくん」

「よしよし」

「み、くん……」

背中を、ぽんぽんとあやすように叩《たた》いた。

それだけで、決壊した。

「ぁ　　　　　」

音が飛んで、こちらの耳に入らないくらいの。

壊れたような絶叫を、身体全体を使ってマユがあげた。彼女の冷たい涙が僕の首筋から肩にかけてを伝い、雨後のように周辺を濡《ぬ》らした。

「みーくん！　みーくんみーくんみーくんみーくんみーくん！」

背中を抱かれたまま、マユは何度も何度も、名を叫んだ。

最後は泣き崩れて、足下に蹲《うずくま》った。

彼女は、単なる同級生ではない。

一緒に嬲《なぶ》られ。

一緒に壊され。

一緒に、目を瞑《つむ》った。

そんな、望まない関係。

僕と御園マユは、八年前の誘拐事件の被害者だった。


砕けた花瓶の掃除をして、状況が落ち着いたのは三十分以上が過ぎてからだった。

「ごめん。少し悪戯《いたずら》してみたかったんだ」

ソファに腰かけ、マユの髪を指で梳《す》きながら、僕は謝罪する。マユは未《いま》だに涙を流し、頬を膨らませながら、それでも僕の腕の中に収まっている。

「みーくんのばか。わたし、すっごくドキドキしたんだから」

「僕だってドキドキしたぜ」

というかビリビリになるところだった。そしてドカバキとなって骨をメコメキャッとされてズタボロになるところだった。

「取《と》り敢《あ》えずこれは没収」

子供の手の届くところにこんな物は置いていけません。掃除のついでに僕がスタンガンを拾っても、マユは反応を示さなかった。そんな物は既に眼中になさそうだった。

「ばーかばーか。みーくんのばーか」

幼児退行気味なマユの台詞《せりふ》。落ち着いて控えめな同級生である御園マユの姿は、完全に霧散していた。

「それになんで今まで言ってくれなかったの」

「最近まで気付かなかったんだ。ほら、僕は君の名前を知らなかったし」

嘘の理由を述べた。けれど、マユは不満顔を崩さない。

「うそつき。昔ずっと一緒に遊んでたのに、知らないわけないもん」

「おお、名推理。賢い」

頭を撫《な》でてごまかす。隠す理由もないけど、言ったところで理解出来ないだろうし。

「マユは頭がちっちゃいなあ。まるでお、」

ぐい、と唇に指を押しつけられた。マユはぐるりと回転し、僕と向き合う形になる。

「マユじゃないの。まーちゃん」

唇が解放される。……うーむ。

「この歳《とし》でまーちゃんと呼ぶのはちょっとほら、僕の思春期が騒ぐというか……」

「だーめー！　みーくんはわたしのことをまーちゃんって呼ぶの！」

じたばたと、マユが子供っぽく暴れる。いや、子供そのもの。

「それにみーくんも、猫の鳴き声っぽいし」

「猫でいいじゃないかー！　不都合あんのかー！」

猫かぁ。猫もいいけどねぇ。いっそ猫そのものになりたい。

人の言葉がなにも分からない、そんな生き物になってみたかった。

「みーくんはみーくんでわたしはまーちゃんなの！　決まってるの不可分なの！」

涙を流しながら力説されると、もの凄《すご》く真摯かつ重大な願いに聞こえるから不思議だ。僕は他人の涙に弱い生き物なので、結局勢いで頷《うなず》いて了承してしまう。

「それが幸せに繋《つな》がるなら、うん、きっと正しいんだろうね」

「うんうん！　みーくん賢い！」

泣き笑いで顔をぐしゃぐしゃにしながら、今度はマユが僕の頭を撫でてくる。何だか、致命的に、どうしようもない間違いをしていると心の奥底で理解はしているんだけど、それを具体的に語り、対処する方法は思い浮かばなかった。そもそもこんな状況で頭を働かせることが、間違いであるように思えてならない。

「わたしね、ずーっと待ってた。みーくんがね、まーちゃんってわたしのこと呼んで、目の前にきざったらしく現れてくれるの」

「……それはそれは」

本当に待ってたのか。

「……そういえばあの部屋、ちょっと見ていい？」

奥の和室に目を向ける。

「いいよ！」

快諾し、マユがぱっと離れる。そして僕が立ち上がると、背中から首に手を回して、ぶら下がってきた。少し息苦しくなったけど、そのまま子泣き娘を背負って和室へ向かった。そこにあるモノが、予想外のモノであることを願いながら。

襖に手をかけて気負いなく開いた。誘拐された小学生の兄妹がいただけだった。

「……ふむぅ」

一度襖を閉じて、引き返す。ソファに座り直して、テレビの電源を入れた。若い男女が平日の昼間から遊園地で遊びほうけていた。観覧車に乗り、彼氏が彼女の靴の匂いを嗅いでいる。

マユが膝の上に寝っ転がってきたので、それに応対しながら呼吸を整えた。

「甘ったるいドラマは好きくないのです」

甘々そのものなマユがリモコンを僕の手から奪い、『8』を押した。番組はバラエティに変わったけど、僕らもバラエティな関係に変わった方がいいのかもしれない。

取りあえず、笑えなかった。

「まーちゃん」

マユの額の髪を指で梳きながら、諦め混じりに問いかけた。

「君、あの子達を拉致っちゃった？」

「うん！」

当たり前のように、元気一杯の返事を頂戴した。なんか、褒めて褒めてと、今にも言い出しそうだ。言われたらどうしよう、頭ぐらいは撫でてしまいそうだ。

「ねーねー、みーくんはおうち帰らなくていいの？　ていうか一緒に住もうよ」

『は』ってあのね。

「質問と要求を一緒くたにしないように」

「で、で？　どーなの？」

人の話なんか聞いちゃいない。しかも、目が爛々《らんらん》と輝いている。学校での性格は、生きるために生まれた別人格みたいだった。こちらの立ち振る舞いの方がよほど自然で。

　そういう子なのだな、と改めて理解する。

「そうだな……。一緒に住む、即《すなわ》ち同棲《どうせい》ってことだよな……」

　学生が同棲で清々《すがすが》な交際をしろと。今の僕は一応、叔父の家で扶養されている身ゆえ、保護者の認可が下りなければいけない。いや、下りてもいいのかって話ではあるけど。

「一緒に学校行って、一緒にご飯食べて、一緒にお風呂に入って一緒に寝る。良くない？」

「いや、いいけどさ。でも、生活費とか……」

「わたしが出すからだいじょーぶ！」

　素晴らしい提案だった。

　……まあ、それもいいか。どうせ、長期的な話でもないし。

「今日、叔父さん達と話してみるよ。駄目だって言われたら、家出でもしよう」

　小学生みたいな結論に落ち着いた。一方でマユの中では既に確定事項らしく、夢色な光を瞳が帯びている。

「あー、もっと早く気付いてればなー。修学旅行の班もなー」

　口では残念がりながら、妙にうっとりしている。それに倣って僕も表面上は大変残念がってみた。全くの嘘だけど。

「さて、桃色とセピア色のお話は一旦中断して」

首を派手に回し、骨を軋《きし》ませる。あの和室の中身は、僕の予想通りだった。やはりこの町には殺人犯と誘拐犯がいて、その片一方はこの、御園マユだった。謎は全て解けて犯人はお前なんだけどそれでさぁどうしようという行き止まりに辿《たど》り着《つ》く。事前に予想していようと、事実に直面したら予想以上の衝撃を事後に受けた。

「一番恐れていた事態だ……恐怖とは正しく、なんとか、かんとか……」

頭を抱えたくなった。そして投げ飛ばして交換したくなった。新しい顔はまだか。

「ねぇみーくん、顔が死に損ないみたいな青色になってるよ」

妄想から復活したマユが僕の頬を突いてくる。「んにゃ？」だの「ぬぬ？」だの幼稚な仕草と言葉で僕の顔を覗き込み、納得したようにぱん、とマユが柏手《かしわで》を打った。

「お腹《なか》空いたんだね！」

「そうだね……どてっぱらに穴が空いてる気分ではあるかな」

うへ、うへへへ。などと自暴自棄になっている場合ではない。テレビの上の時計は短針が5を通り過ぎ、長針が8の真上に来ていた。叔父達なら、既に食事を終えている時間だ。あの家、夕飯が非常に早いのだ。それまでに帰らないと僕の分も片付けられてしまうし。

「みーくんはくいしんぼだからねぇ」

親戚でも気取るような口調だった。マユが膝上から飛び跳ね、テレビと僕の間に立ち、腰に手を当ててふんぞり返る。

「ではこのまーちゃんがご飯を作ってあげよう！」

テレビの輝きがまるで、後光のようにその姿を支えていた。

「じゃあお願いします」

「何食べたい？　何でも作れるよ」

「なんでもいいけど……じゃあ……焼きそば」

昼の教室で誰かが食べているのを見かけたものを、なんとなく要求してみた。マユは「まかせて！」と請け負って着替えもしないでリビングの奥へ走っていった。

ごん、という鈍い音に引かれて、僕も後に続いてみる。

奥は、当たり前だけどキッチンだった。一見すると整頓されているようで、されていない。物の置き方が滅茶苦茶《めちゃくちゃ》だった。包丁が箸と同じ場所に纏《まと》めてあるのはどういうことだ。

マユは額を赤に染めながら、エプロンを棚から取り出していた。制服の上から赤色のエプロンを着ける。そしてはにかみながら僕の前に立つ。

「どぉ？　似合う？」

上目遣いの目線で感想を求めてきた。

手頃な称賛を即座に思いつかなかったので、マユを抱きしめた。それだけで、感想の肩代わりには十分だろう。

「みーくん、大好き」

身体を離すと、頬を紅潮させ、僕が浮かべることは一生涯あり得ない、魅力の塊《かたまり》の笑顔を向けてくれた。

直視するには、僕の目はまだその光に慣れていなかった。

そういう細かいところで、ああ、僕は根本的に人間が苦手なんだなって悟る。

周囲を見渡して話題を探る。そしてキッチンには何もなかったけど、棚上げにしていた問題を思い起こし、尋ねてみる。

「あの子達の夕食は？　一緒に作るの？」

マユが僕の腕の中から離れて、冷蔵庫に括《くく》り付《つ》けてあった袋から、「これ」とロールパンを二つ取り出した。

「……駄目だ、もう少し食べさせてあげないと」

「えー、なんで？」

「なんでも。料理は出来るんだろ、ちゃんと美味《おい》しいもの食べさせてあげなさい」

ぶすっと、マユは膨れっ面になる。パンもとばっちりで握り潰される。ああ勿体《もったい》ない。

「大丈夫だよ、だってわたしたちと一緒だよ？　ううん、もっと少なかったよ。お水も好きなだけ飲ませてあげてるし」

「そうなんだけどさ……」

基準が底辺すぎる。その生活で僕たちがどうなったか、彼女は覚えているのだろうか。

「こっちの都合で連れてきたんだから、それぐらいはしてあげないと駄目。僕らの時も、お腹が空いて苦しかっただろ」

そして餌を貰《もら》うために、僕たちは『芸』を強制的に行わされた。そう、餌。あの時の僕らが行為の果てに得た報酬は食事ではなく、そう表記するのが正しかった。そんな、『芸』だった。

マユは不満げながらも、小さく首を縦に振った。

「みーくんが言うなら……」

「僕はまーちゃんに命令しない。これはお願いだよ。まーちゃんの意思で、二人に食べさせてほしい。勿論、お願いだから断ることも出来る」

言っていて辟易《へきえき》しそうになった。こう言われて、マユが断るはずもないのに。自身の心根の醜さは、寒気に値する。

「分かった、けど……。じゃあ、じゃあねみーくん。わたしのお願いも後で聞いてね」

名案を閃《ひらめ》いたように、パッと笑顔に戻る。気軽に請け負っていいかなぁと、一瞬迷った。

「うん、いいよ」

「やったね！　じゃ、待っててね！」

潰れたパンを机に放り、冷蔵庫を勢いよく開ける。僕はその光景を少し眺めてから、パンを手に取ってキッチンを出た。

リビングのソファに放り出した鞄《かばん》から、携帯電話を取り出す。アドレス帳から見慣れた電話番号へとかけ、通話ボタンを押した。待ち時間ほぼ零《ゼロ》で、叔母さんが電話に出た。今日は夕食を友達と食べると伝える。叔母さんは好物のスルメを頬張りながら受け答えしているのか、やたらくちゃくちゃと咀嚼音《そしやくおん》をさせながら了解し、早く帰ってくるようにと告げて電話を切った。

携帯電話を鞄に戻して、床にへたるように座り込む。

そしてそのまま目を閉じて、御園マユとの過去を、思い返してみた。

十秒で全てが映像化され、観賞を終えた。

最悪だけが生まれた。


用事を済ませてから、和室の襖を開けた。視線を意に介さず部屋の中央へ上がり、電灯を点《つ》けた。

「んー、初めまして、かな」

できる限り柔らかくいこうと意識したけれど、中途半端になった感は否めない。

照らされた六畳の部屋には、異臭が漂っていた。鼻を塞ぎたくなるほどの悪臭が粘膜を刺激する。二人が風呂に入っていないためと、服を洗濯していないこと。そして、隅に置かれた簡易トイレの中身が、臭いの主たる原因と判断した。この臭いが漏れないように、襖を閉じる。こうした臭いに慣れているとはいえ、平静を装うのに、労力を割きそうだ。

兄の方は僕を怯《おび》えた目で見上げ、妹の方は吊《つ》り目を更に険しくして睨み付けてきた。共通点は、足と柱に錠を課せられ身動きが取れないことだ。その枷《かせ》が付いた足首と柱には、外そうと引っ張ったりしたのか、微細な傷とささくれが見受けられた。

二人は息を飲み、口は漢数字の一を描いている。そんな子供達の前で腰を下ろし、正座して背筋を伸ばす。初対面の相手には、つい礼儀を正してしまう。兄の方が、少し面食らっていた。

「池田《いけだ》浩太《こうた》君と、池田杏子《あんず》ちゃんだね」

名前を呼ぶ際、顔を眺める。兄の浩太君は、恐怖を重力として感じているのか、何度もがくがくと首を振り、肯定の意を表してくれた。一方で妹の杏子ちゃんは、視線を壁へ逸《そ》らし、会話を拒絶するような態度だった。まあ、当然の反応ではある。

「僕のことは……お兄さんと呼んでくれ。悪いね、名乗るの苦手なんだ」

「……はあ」

口の中でくぐもりながらも、兄の方がようやく声を聞かせてくれた。

潰れたパンを差し出すか掲げるか、その途中くらいの位置で留める。

「お腹は空いてる？」

「え、あ、は、はいいえ」

つっかえながら答えようとする。実に理解しづらい。見かねたように、杏子ちゃんが壁を向いたまま口を開いた。

「当たり前でしょ。朝から何にも食べてないんだから。早くそれ、よこしなさいよ」

随分と尖った声調だった。それからそのままの状態で、手を伸ばす。その小さな手に、パンを載せた。池の鯉《こい》に食べさせるかのように千切《ちぎ》れ、身崩れしたパンを更に杏子ちゃんは分解する。中身を検分している様子だけど、別にクリームもチョコも毒物も入ってはいない。

「今日は、この後にも夕食があるけどね」

杏子ちゃんの解剖の手が止まり、目が丸くなった。

「あの、どういうこと、ですか？」

浩太君が尋ねてきた。表情に期待は薄く、不安が上乗せされていた。

「君達をさらってきたおねえさんが今、ご飯を作ってる。何を作るかは知らないけどね」

「作る？　ご飯を？　それに毒でも入れてるの？　それともゴキブリでも食べさせる気？」

杏子ちゃんが険しい顔で突っかかってきた。やはり、先程の行いは異物の混入の有無を確認していたらしい。その用心深さには些《いささ》かの好感を覚える。

浩太君はそんな妹の態度が僕の機嫌を損ねないか心配らしく、必死に顔色を窺おうとしている。

「じゃあ杏子ちゃん、」「名前で呼ばないで」

「池田さん、もしどちらかが入っている食事を出されたら、君は食べる？」

「食べるわけないじゃない」

「食べなければ殺すと言われたら？」

「そんなもの食べたら、どっちにしても死ぬじゃない」

いやぁゴキブリはがんばればいけ……いけるかな？

それはいいとして。

違うよ、と首を振った。

「食べないと、君のお兄さんが殺されるんだ」

浩太君の肩が、大げさに取れるほど跳ね上がった。涙目にもなっている。杏子ちゃんはそんな兄に、軽蔑するような視線を横目で投射した。

「自分のことは自分で決めればいいけどね、その選択が周囲に与える影響はちゃんと考えないといけない。そしてその責任も取らないといけないんだ」

例えば、僕にとっての彼女のこと。

御園マユに対しての、責任。

杏子ちゃんは押し黙り、睨んでいた視線は俯《うつむ》いてしまった。その代わりに、浩太君が僕と杏子ちゃんの顔を交互に覗いてから、やがて口を開いた。

「あの、ぼくが食べます、から」

「ん？」

「ぼくが食べますから、その、あんずには、そういうこと、言ったり、しないでください」

激しい吃音《きつおん》混じりながらも、言葉に意思が通《かよ》っていた。真っ直ぐに僕へ伸びるように。

なんというか、なるほど、これが兄妹。

僕の知らない人間関係だった。兄も妹もかつてはいたはずなのに。

驚きながらも、杏子ちゃんは兄の腕に縋《すが》る。僅かに瞳を潤ませていた。

「あんずを、いじめないでください」

「……………………」

なにやらしっかり悪者になってしまったので。

平身低頭して謝罪した。

「ごめんね、脅かしすぎた」

「あ、す、すいません」

浩太君もへこへこと頭を下げる。杏子ちゃんは当然下げなかった。

「そんなこと聞く方が悪いのよ」

杏子ちゃんが押し殺した声で呟く。ごもっともである。

それから二人は余程飢えていたらしく、杏子ちゃんの両手で検分した粉々のパンを目分量で分割し、黙々と咀嚼し始めた。僕はその様子に、いちいちらないことを思い出している頭を小突きながら二人を観察する。

兄の池田浩太は小学四年生。垢色《あかいろ》の肌に、線の細い体つき。前髪が眉間にまで掛かるほどの長さで邪魔そうだ。二つ年上の兄ではあるが、随分と妹の顔色を気にしている。どうもそれは恐れではなく、過保護な気の遣い方の表れらしい。兄とはこういうものか、と感心する。

僕も一応、かつては兄だったんだけど別の生物を見ているみたいだった。別の生物なんだけど。

妹の池田杏子は小学二年生。この子も、肌の垢が目に付く。肩に掛かる程度の髪は癖毛なのか、派手に跳ねている。口調は大人びて、負けん気と意地の凝縮されたような性格みたいだ。

マユがさらった二人は、新聞やニュースで見た写真よりやつれて、けれど目の下の隈《くま》は薄い気がした。

「ひょっと、にゃに？」

パンを一気に口へ詰め込み、頰を膨らましながら杏子ちゃんが睨む。その目線も、リスのような頰と組み合わさると、なかなかかわいらしいものだった。

「いやなんというか、僕の妹を思い出すなって」

杏子ちゃんは口をしばらく閉じて、膨らんだ頰を消化してから聞いてくる。

「いもうと、いるの？」

「んー、いた、だね」

「はぁ？」

杏子ちゃんには細かい表現の差がピンと来なかったらしい。浩太君の方は察したらしく、ぺこぺこと代理で頭を下げる。いいよ、と適当に手を振って応える。よく覚えてないし。

「さて、少しは落ち着いたようだし、一つ真面目な話をしていいかな」

「余計お腹空いた」

反抗的な憎まれ口を杏子ちゃんが挟む。「あんず」と浩太君が注意し、やっと口を噤《つぐ》んで聞く姿勢になる。そんな二人の顔を見渡してから、話を切り出した。

「お願いがあるんだ」

そう前置きして、僕はそのお願いを口述した。

「君達を誘拐したのは、僕ってことにしてほしい。あのおねえさんは一切合切《いっさいがっさい》関係ない、存在自体公表しないでほしい。それさえ守ってくれればいい」

そうすれば、近いうちに君達を解放する。

そんな嘘をついた。

僕はそれほど人間を信じられるような生き方をしていない。

だから僕はいつか、機を見計らってこの子達を殺すのだろう。

口のない死人とするために。

それこそ、巷《ちまた》で噂の殺人鬼のように。

「あ、あの」

浩太君が、おずおずと挙手する。「どうぞ」と、教師の真似《まね》みたいに発言を促す。

「かいほうって、その、ぼくたちをここから出す、ってことですか？」

「そう、だね。出すというか、逃げ出すというか」

「そうですか……えと、どうも……」

なんか、妙に消極的だな。まるで、ここから出たくないみたいにも取れる。杏子ちゃんの顔を見ても、兄と顔を見合わせて憂鬱な表情になったりしている。まさか、望んで誘拐されたわけでもないだろうに。

誘拐というのは、ある意味、殺人より酷《ひど》い被害をもたらすことがある。

殺されたら、それで終わりだ。

でも誘拐は生きている。殺されなかったら、そのまま、生きるしかない。

大体の人が派手につまづいていないこの世界の、一部となって。

取り返しのつかない、大きな失敗の先まで、ずっと。

「ところでさ、君達ってどういう経緯で誘拐されたのかな」

世間話みたいにこんな内容を振らないといけない状況に、少し笑ってしまう。

「外で、遊んでてあのおねえさんが出てきて、そのままここに……」

浩太君の、歯切れの悪い返答。もごもごしつつ、妹を一瞥《いちべつ》する。杏子ちゃんはそっぽを向いて、けれど浩太君の左手に、自分の手を重ね合わせていた。僕はそんな兄妹の対応に「ふぅん」と納得した素振りを見せながら、そりゃどうだろうと疑っていた。

学校でも、無用な外出は控えましょうなんてお達しくらいはあるし、家族だって同じことを注意するだろう。子供がそれを素直に守るかはさておいて、でも、この兄の方は言いつけに反抗するような性格には思えない。つまり、それでも外に出ていないといけない事情があって、そこをマユにさらわれたってことなのだろう。

その事情と浮かない顔が引っかかるような、あまり気にかけたくないような、と半々ずつの気持ちがせめぎ合っていると。

「なんでこんな所にいるの？」

爆《は》ぜるような音を立てて勢い良く開いた襖と、冷淡な声。振り向くと、フライパンの柄を片手で支え、まるで教室にいる時のような、落ち着き払った雰囲気のマユが直立していた。十五分前の幼児退行が幻覚として霞《かす》みそうなほど、彼女は年相応な十七歳に戻っていた。

不思議そうな表情ながらも部屋に入ろうとして、敷居《しきい》で転《こ》けそうになったので、慌てて身体を支えた。「ありがと」と乾いた声で礼を述べられる。「どういたしまして」と返すついでにフライパンの中身を確かめた。おお、本当にできてる。正直、料理ができるというのも半信半疑で聞いていた。他の生活部分がどうも、壊滅的だから。

「焼きそばだよ」

　自信作なのか、はたまた好物なのか、マユは気持ち笑顔でフライパンを差し出す。そこから生じる、香ばしいソースの匂いは、部屋の臭いと混ざって食欲減退を促した。

「何か敷物《しきもの》を……」

　僕の日本語は通じなかったらしく、マユは畳に直《じか》にフライパンを置いた。焦げる音と、草を焼く臭いがした。もはや異臭祭りと呼ぶに相応《ふさわ》しい状態になってきた。

「わたし達は台所で食べよ」

　マユが僕の服の袖を引っ張る。僕はそれをやんわりと断った。

「なんで？」

「ここで食べよう」

「なんでって、この子達も食べるために作ったんだろ？」

　マユの唇が更に意見を返そうと開きかける。けれど、小さい深呼吸に切り替わった。そして不満を大量にちりばめた態度と声で、「分かった」と腰を下ろした。

　マユから竹の箸を受け取る。視線で促すと、放り投げるように二人にも割り箸を渡した。二人は、箸を受け取る時に目を何度も瞬《まばた》かせていた。けれどそれも数瞬。食欲に忠実な兄妹は、目線で是非を問いかけ、僕の了解を得てから箸をフライパンへ伸ばした。

「熱いから火傷《やけど》しないように……」

二人とも、話など聞く暇もなく、フライパンに顔を突っ込みながら果敢にそばを啜《すす》っていた。毒入りであろうと躊躇《ためら》わず喰《く》らう姿勢である。僕が箸を入れる余裕もない。味について語る余裕もないらしく、二人は言葉を忘れたように顎を動かしている。キャベツの芯を嚙《か》み砕《くだ》いて貪欲に胃腸に詰め込んでいくその姿を、作り手冥利に尽きる、と思うのは一般的かもしれないけど、マユは一般的に該当しない。

あからさまに苛立《いらだ》ちながら、焼きそばが二人の口へ吸い込むように消えていく様を見ている。歯軋《はぎし》りをして、腕の皮膚に爪を立てる。今にも怒鳴り散らしそうだと僕は危惧していたけど、そんな事態には陥らなかった。マユはそこまで大人しい子じゃなかった。

マユがゆったりとした動作で箸を掲げる。そして、その次の行動に、僕は視界をぐらつかせた。

振り上げた箸の先端を、杏子ちゃんの頭に、振り下ろそうと、

「ちゃーい！」

咄嗟すぎて変な叫び声が出てしまった。遮るために伸ばした右手に、火花を錯覚する。

箸が刺さったのは右手の中指の付け根付近なのに、熱くなったのは目の奥だった。

逆に指先は、血を失ったように冷えて、寒々しい。

「っつぅ……」

皮まで綺麗に突き破っていて、ぶわっと、血が滲《し》みだした。

「……みーくん？」

斜めに突き刺さった箸に対し、マユが首を傾げる。浩太君達も、食べる手を休めずに僕の手を見ていた。ずぶといな、この子達。思いの外、心配しなくても大丈夫かもしれない。

水たまりみたいにちゃぷちゃぷ溜《た》まった血を箸が泳ぐたび、鳥肌が止まらない。そうした僕を見てようやく、マユが反応を見せた。

「包帯とか持ってくるから」

軽い調子で立ち上がった。なぜ包帯が必要になったかは、まったく意識していない。

「包帯は別にいいや、絆創膏《ばんそうこう》で……」

「駄目。ばい菌とか入ったら肌がぽこぽこになるから」

どんな状態だぽこぽこ。肉がぽこぽこになるのか肌がぽこぽこになるのかで、恐怖の度合いが違いすぎるのだが。

「あと、みーくん専用のご飯を作るから待ってて」

専用。こう、特別とか柔らかい言い方がいいなぁ、と思っちゃう。

「ご飯はいいよ、二度手間になるし」

「手間なんかかけないよ」

それはそれで困る。

「今日はもういいんだって。うん、まーちゃんとの出会いでお腹いっぱいなんだ」

言ってることの意味が自分でも分からないけど、マユは「そっかそっかー」と簡単にご機嫌になってくれた。好きだぜ、その単純さ。尊敬に値する。いつか、辿り着きたい。

一つだって、嘘じゃなかった。

包帯持ってくるねーと小気味よく駆けて出ていくマユを見届けてから、いつまでも生やしたままにしておけないそれを、左手で摑《つか》む。

じゅぶ、と血が細かく跳ねると、首筋と背中に寒気が走った。

なんだろう、見るに堪えないほどの大怪我《おおけが》よりも精神に来る。

「うひ、うひひぃ」

情けない悲鳴を笑い声みたいに上げながら、箸を引っこ抜く。中の肉を先端でえぐってしまって、更なる痛みが胴を震わせた。押さえていた箸がなくなったことで血の珠《たま》がより大きく浮かび上がり、次々に手の平を赤色の線が染め上げていく。舌で舐め取り、畳を汚すことを防いでいたら、視線を感じたので横目で見た。

浩太君が僕に視線を向けていたけど、それより焼きそばが底をつきかけていたことにまず驚いた。そんな急に食べたら、お腹が痛くならないだろうか。

「あの……ありがとう、ございます」

「何が？　食事を作ったのはあのおねえさんだから、お礼ならそっちによろしく」

違います、と首を振って、浩太君が言った。

「あんずをかばってくれたから」

浩太君は照れくさそうに俯きながらも、少し笑っている。

懐かれたか、多少は味方と思われたかと勘繰らせる態度だった。人の信頼。右手を犠牲にして得たものとしては、まぁまぁ、値打ちじゃないだろうか。

一方の杏子ちゃんは、見なかったふりをして残ったそばを咀嚼している。

僕はそんな二人に、気にしない気にしない、と笑い話のように締めくくった。

……これを笑い話で済ましてしまうのが、僕とマユの関係なんだろう。

これ以上傷ついても、どこに傷が増えたかなんて分からないのだ。

それから傷の治療を終えてすぐ、逃げるようにしてマユの家から出た。涙目になったマユを振り切るのは心苦しかったけど、マユの都合だけに合わせる余裕はない。半分嘘だけど。

マンションを出て、昼と夜の温度差に驚いた。風が吹くとしっかり肌寒い。秋の幕が夜風に煽《あお》られて、顔を覆うようだった。

「……しかし、濃い一日だった」

こんなに色々目まぐるしいことが起こるのは、いつ以来だろう。

包帯を大げさに巻かれた手の平を見る。『絆創膏なかったー』と朗らかに報告し、手順も巻き方も無知ながら、巻きつけてくれる量だけは一級品だった。それを、全て外す。既に薬品の臭いが少し染みついていた。

「誘拐に、また関わるとは思わなかったな……」

しかも今度は共犯者の立場として。歳月が立場を逆転させてしまった、と語るには少々問題の多すぎる方向性だった。どうすりゃいいんだ、とまだ止まり切っていない右手の血を眺めながら己に問う。

それに、誘拐された兄妹。あの子達を見て、交流を得て、何か、違和感があったような気がする。矛盾、というか。普通に事を始めすぎて、薄皮一枚の差異を感じたけど、どうにもそれが具体化することはなかった。

「……あ」

それとは別件に一つ、尋ね忘れていた。

その場で振り向く。マンションの全景が、各々の部屋から漏れる光で浮かび上がっていた。まるで、影絵のように、周囲の闇と共存してそびえ立っている。

明日にでも聞けばいいか。

そこまで大したことでもなし、わざわざ出戻りまでして問う気にはならない。それに今部屋に戻ったら、そのまま泊まっていく流れに踏み込んでしまいそうだ。そんなことをしたら叔母さんが石灯籠で殴ってきそうだ。あるのだ、石灯籠が庭に。凄《すご》い家だ。

だから明日、覚えていれば質問してみよう。

なんで、あの子達を誘拐したんですか。

『八人目』

田舎の夜は音と光を失う。街灯も整備されていないあぜ道がまっすぐ、長く続いている。朝方に当たり前に通学に使っている道が、光の有無だけでまるで別物に見える。まるで、人間の在り方のように。

笑顔は時に人を和ませ、時に人を怯えさせ。優しい声は時に人を励まし、時に人を泣かせる。同じものであっても時間と場所を変えていけば、まったく別の受け取り方が起こりうる。

だから、夜に出歩くのもやぶさかではないのだ。

夜間外出を適当に肯定してみたけど、そんなことより見つかってしまった時の言い訳でも考えていた方が建設的な気がした。建設的、とふふっと笑ってしまう。まったく正反対のことを今からやろうとしているのに。

探し物の間、雑に巡る思考には今日の授業の様子があったりして、自分の思いの外な真面目さに感心しそうになる。それは冗談としても、英語は近々テストがあるし、それから、日本史。

数日前に起きた殺人事件を学校の歴史の授業で取り扱うことはなく、いずれ埋もれていく。こんなに身近な出来事よりも、ずっと昔にいなくなってしまった人たちの名前を覚えることを優先していく。なんだか、少しだけ滑稽で、哀れを感じた。

一人分の足音を……おかしな表現だけど、足音を踏みしめるように、足が前に進む。地面を踏む前から歩いている音が聞こえる気がするのだ。感覚が昂《たかぶ》っている。何度やっても消えることはない、血の温度の浮き沈み。喜びとはまた違う高揚があった。

夜に人影を見つけることも、段々と難しくなってくる。そして、出会ってはいけないものも増えていく。巡回する警察の車に見咎《みとが》められたら、そこで終わりかもしれないのだ。

それでも、夜に大人しく寝ていることはできない。

悪党だから、いい子と違って寝なくてもいいのだ、とうそぶく。

今からそれを行うことは前提で、その上で後頭部のあたりが問い続けている。

なぜ、人を殺すのだろうと。

ストレス解消というほど溜まっているわけでもなく、命を奪うほどなにかが憎いわけでもなく。他人の血で満ちる器など持ち合わせていない。だからなにも、埋まりはしない。

充足も、欠けも縁遠い。

人殺しがプラスにもマイナスにもならない。立場が危うくなるのだから、それでは損しかないようにも思える。それでも人をナイフで突き刺すと、時々、なにかが見える。古ぼけた写真をサッと、一瞬だけ頭の上にかざされたような、もどかしさの塊。

その影の形を知りたくて、手を伸ばしても空《くう》を摑《つか》むばかりだった。

だから、ぎゅっとナイフを握りしめて、ぐっと、人の肉を掻《か》き分《わ》ける。

写真は今のところ、どの死体にも埋まっていなかった。

その見えるものを確かにしたいから殺しているのか、それとも、見えているものに従って人を殺しているのか。どちらが先なのか、分からない。故にはっきりさせたくなる。

自分の根幹に植え付けられた動機を探す。それが、人を殺し続けている理由かもしれなかった。我ながら、なんて迷惑な動機なのだろう。平たく言えば自分探しだ。

そんなことのために、町の人間が死んでいくことはきっと間違っている。

間違っていても、そこに道があるなら進んでしまう。

隠しもしない足音が呑気《のんき》なほどに、周りに構うことなく歩き続ける。生え茂っていた夏のむしられた空気は穏やかを通り越してやや肌寒い。秋が降り積もり、夜空ごとたわんで頭上に近づいているみたいだった。

完全に夜に埋もれた人影を探すことは難しい。でも、自転車のライトは、暗闇の中で居場所を知らせてくれる。そこに人がいるよって。

光は道を照らす。その道がどれほど外れていても、真っ暗闇でも、どこに続くか定かじゃなくても。誘蛾灯《ゆうがとう》に群がる羽虫のように、今夜もその光を探し求めてさまよう。

学校の駐輪場をなんとなく思い浮かべながら、あれくらい固まって人間が動いていないものかなとバカなことを考える。そんなのがいたら、勝てるわけがない。

二人組を襲うだけできっと返り討ちに逢《あ》ってしまう、弱っちい人殺しなのだ。

でも弱くても、その気になればこうして人を殺せる。

人間は、後先を考えないと信じられないくらい、他人を害せる。

そんなのが無数に、無限に等しい数、世界に息づいている。

なんて怖いんだ、この世界は。

こんな世界を生きていられるなんて、みんな、なんて勇気を持っているんだ。

人間って凄い。

人間最高！
その最高の人間を殺している自分はきっと、最低なんだ。
でもそんなことができる人間って凄い、と無限の上げて下げてが始まる。
ガタゴトと揺れる心が、真っ当から外れた道をずっと、ずっと進んでいる。
それが自分で決めた道とか、他人の影響とか、そんなことはどうでもいい。
大事なのは道を選ぶことではなく。
最後まで渡りきれるかどうかだった。

二章『ああ言ってもこう言う』

時折見える、暗闇に寄り添っていたあの頃。

そして、扉を開けて日の出が訪れるのを恐れていた、詰め込まれた絶望。その真っ暗な空気に溶け込もうと、誰にも見つからないようにと祈ってぎゅうっと、抱きかかえた膝に指を立てる。爪はない。全部、取られてしまってまだ生えてこない。

肉が剥《む》き出《だ》しになった指が空気に触れても痛まなくなったのはいつからだろうか。どんなことにも肉体は適応していく、生きるために。でも心がそれに追いつけるとは限らない。

逃げる場所もない地下の臭いは、俯いて意識を失う度《たび》に酷くなっていく。前は静かだったのに、どんどんうるさくなっていく。耳も鼻も塞いでいたいのに手が足りない。

ここで生きていく中での暗い喜びは、自分以外の誰かが選ばれること。少しでも、傷つきたくない。前には決して進まず、ただ後退さえしなければそれが至上の幸福だった。

そうやって俯いているといつしか、なにも感じなくなった。なにがあっても顔だけは上げない。誰が呼んでも、誰が触れても、誰が引き裂いても。

そうしてうずくまっている時間が永遠に続くかと思ったのに、あるとき。

ここでよく見た赤色が広がって、それが暗闇を塗り替えた。

隅に溶け切っていた自分が、その赤いもので浮かび上がる。指先の隙間から垂れ流れたそれが足下になにがあるかを示す。青暗い床を踏むと、べちゃべちゃと粘質だった。

赤い液体で足下を確かめながら、前に進むと扉が見えた。開く度、冷たい風と凍えるような時間をもたらしたもの。自分から開けようとするのはこれが初めてだった。

赤いものにまみれた手で、扉の取っ手を摑む。泥でも投げたような音と共に、瞬く間に扉が赤く染まる。肌にぞわぞわとしたものが走りながら、粘《ねば》つく手で扉を開いた。

扉の向こうにはあの大人がいなくて、階段だけがあった。上ったら、どこに行くのだろう？　長い時間のせいで、この地下室以外を忘れてしまっていた。

誰も止めないし、立ち塞がらない。行ってみようと、思った。

ぽたぽたと垂れる赤い液を踏みしめながら、階段を上っていく。座ってばかりいた身体が上下の動きを忘れていて、時々、足の出し方を間違えて転びそうになる。今転んであの部屋に戻ったら、二度とこの階段に辿り着けない気がした。

だから一歩ずつ、慎重に、逃げていく。

なにから？

悪いやつ。

悪いやつは、どんな顔をしていただろう？

そうして階段を上りきる直前、ふと、気になることを思い出す。

暗く、赤い部屋。

そこになにか、大事なものを置いていってしまった気がする。

でも引き返そうにも、歩いてきたはずの階段は既に消えていて、戻れない。戻るにはなにも見えない場所に飛び降りるしかなく、そこにはなんの保証もなく、そして戻ったらきっとあれがいる。せっかく逃げ出せたのに、どうしても取りに戻らないといけないのだろうか。

それほど大事なものが、自分にあっただろうか。

赤い液体が肌の上で固まりだして、足が重くなる。このまま留まっていたら、階段と一緒に消えてしまいそうだった。生臭い臭いを感じ取れるくらいに鼻が、自分の荒い吐息を感じられるくらいに耳が動きだして、命が惜しくなる。

引き返せば、あれが待っている。

今は、今は離れよう。二度と帰れなくても、生きないと。
生きて、生きて。
誰のもとに、帰ればいいのだろう？
でも生きていればきっと、なんとかなる。
今は逃げるだけでも、約束する。自分に、誓う。
忘れ物だって、いつか。
ああ、どうにか、その忘れ物を思い出せたら。
あの暗闇に、帰るって。

◆

朝日が眩《まぶ》しい午前七時、早朝。登校には早すぎる時間帯に既に学校前を通過し、更に歩を進めてマユのマンションを訪れていた。今日から同棲するためである。その期待感に、十二年間待ったゲームの発売日を迎えた、かつて子供だった大人並みに早起きしてしまった。まあ嘘だけど。

ただ単に、昼夜逆転の生活をしている看護師の叔母と顔を合わせたくなかっただけだ。昨日、帰着してから大喧嘩《おおげんか》と相成《あいな》った。不純な交遊とか以前に、貴様に生きる資格はないと言わんばかりに基本的人権の迫害を互いに罵りと共にぶつけ合った。骨肉の争いに発展する寸前で、まだ物分かりの良い医者の叔父が折れて、月に一度は顔見せに来ることを条件に許可した。叔母は最後まで反対していた。少々、過保護なのだ。けど少なくとも僕より悪人ではない。

「ちょっと早すぎるかな……」

エレベーターに乗って三階へ行き、マユの部屋の前で立ち止まって呟く。マユはよく眠る子だ。学校でも机に突っ伏して寝ているところと、二時間目から出席する姿しか記憶にない。

「迎えに行くとは約束したけど、起きられるのかな……」

駄目もとでチャイムを押した。出ないなら外で待ドアが開いて僕にぶち当たった。

「っつ、っっつ！」

感極まって、言葉にならない想《おも》いが赤い鼻汁として溢《あふ》れてきた。

「やほー、みーくん！」

鼻を押さえる僕と、無邪気にはしゃいで挨拶するマユ。

「やほー？」

パジャマ姿のマユが、笑顔のまま首を傾げる。それから、僕の指の隙間から流れる鼻血に対して、パジャマの袖でぐいぐいと拭いてきた。

「いいって、汚れちゃうから」

「へーきへーき。みーくんのは綺麗だから」

青と白のストライプのパジャマが、一部分だけ斑《まだら》のように三色目を付着させる。それを見て、マユは恍惚《こうこつ》のような、潤んだ瞳であどけなく笑う。

背筋を爬《は》虫類《ちゅうるい》が横断するような、鳥肌と冷や汗の感覚に頬を引きつらせながら、僕は確認した。

「……いつから玄関に立ってたの？」

「昨日から」

「………キノウ？」

「いえすたでー」

「……昨日のいつから」

「みーくんが逃げて、お風呂入ってから」

僕がこの部屋を出たのは、午後七時前だ。

「扉の前で、待ってたの？」

「うん」

「何して」

「寝てた」

「………………………」

えーと。

これを健気《けなげ》な娘やと感涙するか、こえーよーと廊下の隅で震えるかで、関係が決まるんじゃないかな。そして考えるまでもなく、捻くれ者はどちらも選ばなかった。

「もっと早く来ればよかったね、ごめん」

無難な意見で日和見をしておく。マユは気にすんねーと気さくな態度で応じ、そのまま飛びかかるように抱きついてきた。

「みぃく〜ん」

甘えた声と共に、胸元に柔らかい頬を寄せてくる。

……ん？　確かこの、甘えたがりな同棲相手に尋ねることがあったような……。

「んー？　なんか、石鹸《せっけん》の香りがするー」

マユからは甘い匂いがする。その匂いの所為《せい》で、尋ね事を完全に忘却した。

「朝風呂が好きなのだ」

入ったのは今日が初めてだけど。昨日は風呂に入る暇もなかったから。

マユを付属させたまま、部屋に上がる。僕が一緒に住むかどうか、マユは確認してこなかった。聞くまでもないということなんだろう。そして言うほどのことでもないから、それは正しい。

昨日と変わらない居間に入り、学生鞄と、着替えを詰めたスポーツバッグを床に置く。和室に目をやると、襖は堅牢《けんろう》に閉じられていた。あの部屋で一日中過ごしてよくおかしくならないものだと他人事《ひとごと》として感心する。

「朝ご飯は？」と、僕の腕にしがみつきながらマユが質問してきた。

「食べてないけど」

「そうじゃなくて、パンかご飯、どっちがいいかなということ」

ああ、食べるのは決定事項なのか。食べないと昨日みたいに箸で食べられちゃうぜ、などと謎の言葉を夢想している自分はやはりおかしいと思いました、まる。

「じゃ、パンで。洋室だしね」

何の関連性もない意見を告げた。マユは「分かった」と了解しながらも、僕に引っ付いて具体的な行動は見せない。満足そうな表情からして、抱き枕としては合格なのだろう。一緒に寝転ぶようにソファへ座り、三十二インチのテレビの電源を入れた。

「朝にテレビ見るなんて初めて」

珍しいとか久しぶりですらないのか。

画面は、見慣れた景色を映し出していた。僕らの住んでいる街である。連続殺人事件というアリガチなテロップが、さも大仰そうに現れた。

「昨日の夜も人が死んじゃったんだって」

「物騒だねえ、でも人って毎日死んでるよねえ、こんな大々的に言わなくてもいいのにねえ」

軽くとぼけておいた。昨日の時点で知っていたことだ。

殺害されたのは、巡回していた自治会の会長。見回りを終えて引き継ぎを行う際、僅か五分程度の間一人でいたところを殺害された。死因はオーソドックスに、刃物による刺殺。側頭部に物の見事に穴が空いていたらしい。犯行時刻は午後八時頃、場所は小学校の近所だった。犯人の目撃談は皆無。そろそろ本当に、殺害犯が存在する人殺事件なのかと疑問視する住民まで出てきそうだ。犯行の元凶は、オカルトや超常現象の類《たぐい》ではないかと。それぐらい、人死にと縁のない街だったのに。半年前までは。

「ほんと、怖いなあ……マユ？」

薄っぺらい僕の感想に、マユの反応はなかった。ただ、先刻までの笑顔を破棄して、光も濁りもない瞳で、ブラウン管の映し出す光景を眺めていた。

「……久しぶり」

独り言として呟く。同時に、懐古に浸る。それは蛆虫《うじむし》の群れに素足を突っ込む事態を想像するよりも、嫌悪と悪寒に襲われるおぞましいものだった。

「ねえ」

突然、マユが僕を見上げた。無機質な瞳が、僕の眼《め》を覗き込んでくる。

「あれをやったの、みーくん？」

何気ない口調の質問だった。根拠も脈絡もないのに、語尾の疑問が弱い。

「いいや」と、僕は嘘をついた。

「まーちゃん、人殺しが大嫌いなんだろ?」

「うん。わたし、世界で一番嫌い」

また、マユの顔が笑いを形作る。そして、覆《おお》い被《かぶ》さるように僕の膝の上に座る。互いの頬を合わせ、すり寄せてきた。

「そしてみーくんを世界で一番××してます」

「……どもっす」

無論、この程度で照れるはずもない。

「お、お? みーくんのほっぺが熱くなってきた。それにとりはだぶっぶっー」

「…………………」

嘘だけど。

「ご、ご飯食べよう。麦を摂取したい気分なんだよ」

ヘタレと表されそうなほど狼狽《ろうばい》していた。マユは勝ち誇る余裕の笑みで、「はいはい」とかあやすように言ってきた。子供に子供扱いされるとはなんたる屈辱。大好きとか身体の接触は平気なのに、ラブの和訳が露骨に弱点すぎる。無理して仏頂面になり、恥の上塗りを避けた。

マユが僕から離れ、キッチンへ歩き出す。今日は落ち着いたのか、慌ただしく走ることはしない。ふらふらと、夢遊病のような足取りのマユの背中に、僕は問いかける。

「もしもの話……僕が今の犯人だったらどうする？」

マユは振り向き、そのままねじ切るような勢いで首を傾げた。

「どうするって？」

「いやほら、警察に突き出すとか、怖いキモイ変態とか、お前が死ねバーカとか……」

自分の発想の貧困さに呆《あき》れた。ただの悪口じゃねえか。しかも小学生以下。

「うーん……わかんね」

マユは方言的な言い回しで反応し、首を更に捻る。そのままぺたぺた歩いていってしまった。

「例えばみーくんは、今わたしが死んだらどうする？」

キッチンから声が届いた。大した声量でもないのに、明確に鼓膜を揺らす。

「そういうことは絶対に考えないから分からない」

「うん！　とゆーことなのだ！」

なるほど、そういうことか！

言葉の意味は分からないけど、漲《みなぎ》るマユの自信に感化されて理解することにした。別に他意があった質問でもないし、これでいいのだ。

それから退屈になる前に、和室の襖を控えめに開いた。暗室となっていた室内から、やはり万人の忌み嫌う臭いが漂ってくる。鼻先を手で覆い、鼻血が知らぬ間に止まっていたことに気付いた。部屋に入る。

二人は、部屋の隅に寄り添って横になっていた。浩太《こうた》君が杏子《あんず》ちゃんを庇《かば》うように抱擁しながら眠っている。杏子ちゃんも、日溜《ひだ》まりの猫のように丸くなっていた。

「……へぇ」

微笑ましいとは思った。けど顔の筋肉は微動だにしなかった。特定の事柄でないと、どうにも弛緩《しかん》してくれない。勿論それは、楽しいことでしか笑えないということだ。嘘だけど。

一度出て、まだ入ったことのない、恐らくマユの寝室に向かう。廊下を越えてその扉を開けると、今度は鼻ではなくて目を塞ぎたくなる惨状が広がっていた。教科書は床に平積みで、ベッドのシーツは丸まって隅に放置。机上にはファンシーでファンキーな小物類が山積みにしてあり、機能を果たせていない。ただマユは一切、書物を読まないため、雑誌や本が散らかっていることはなく、本棚もない。

嘆息しながら、教科書を飛び越えてクローゼットを開く。中の服も、皺《しわ》になることを厭《いと》わず、乱雑に仕舞ってあった。マユの私服を掻《か》き分《わ》けて粗末な毛布を入手し、薄く積もった埃を払う。それから、毛布を小脇に抱えて部屋を退出した。

「居間が散らかってないのは、使ってないってことか……」

リビングなのに生活感がない、という実にくだらない洒落《しゃれ》に呆れながら、和室へ舞い戻った。毛布を広げ、二人の上に被《かぶ》せようとすると、杏子ちゃんの狐目《きつねめ》が反応した。

「……べつに、いらないわよ」

夢現《ゆめうつつ》の杏子ちゃんが半目で、僕を見上げる。

「ゆーかいはんのほどこしなんか、いらない……」

施しとは、難しい言葉をご存じで。

昨日の食事とは異なり、生理的欲求に訴えかけていないためか拒絶の意志を見せるけど。

「残念だけど今は誘拐犯しか施ししてくれないから、素直に受け取っておくといいよ」

毛布を被せる。顔が半分隠れた杏子ちゃんが、毛布越しのくぐもった声で「いらないって言ってるじゃない」と気怠《けだる》そうに抗議してきた。

「君の意見を押し通した結果、お兄さんが風邪をひくかもしれない。それでもいい？」

杏子ちゃんは押し黙り、瞳を縦横に彷徨《さまよ》わせ、最後は毛布に潜り込んでしまった。消極的な肯定の態度と受け取り、そのまま部屋を後にしようとした。

「ありがと……」

虫の羽音よりも儚《はかな》い声だった。本人的に、聞く者を予定していない独り言だったのかもしれない。けど、田舎の早朝が演出する静寂の中では、喋《しゃべ》らないぐらいで丁度良いと思う。

「……昨日のことだから、こーたに言えって言われたから……」

言い訳っぽく、後付けをした。「どういたしまして」と口の中で呟き、部屋を出た。偽善的な振る舞いによる充足感を、今更のように思い出した。

朝食を『はいあーん』して『お返しにあーん』して食べさせ合って、一通りバカップルしてから部屋を出ると同時に、マユは幼稚さを隠蔽した。無口、無表情を昨日まで同様に貫き、僕の隣を冷めた態度で歩く。ホテルから出た不倫カップルってこんな感じなのかなぁと思いながら、それがマユの、世界に対する処世術なんだろうと納得し、僕もまた無言の登校に努めた。ただ、階段の昇降の際には手すり代わりとして僕の手を貸した。

そうして学校の教室に到着すると、マユは一直線に自席に着席し、鞄を机の脇に引っ掛ける。そして上半身を机に突っ伏した。真っ正面から机とキスをする体勢。あの寝方では端麗なマユの容姿が勿体ないとバカップルの片割れは思った。

声をかける者は、一人としていない。放課後までマユの眠りが妨げられることはない。担任の上沼《かみぬま》先生を筆頭として、当校の教師陣は事なかれ主義と見て見ぬふりを駆使する日和見思想に傾倒しているので、マユの授業態度に対しても見なかったことにして教壇に上がる。

昼休みに起こした方が良いんだろうか。下校時は一緒に教室出ていいのかな。離れた席で頬杖《ほおづえ》を突き、Cの字みたいな姿勢で睡眠中のマユを眺めながら、僕はあれこれと気を揉《も》んで結局、教師に倣って日和見することにした。

マユは終日、身じろぎ一つせず眠りこけていた。

そして別に特筆することもなく放課後を迎えた。

喧噪《けんそう》の中、配布された二種類のプリントの見出しを確認する。一枚は生徒会便りで、もう一枚は修学旅行についての記述だった。

生徒会便りには、本校屈指のハートが病気の人達が運営する生徒会からの便りが書かれている。そのままである。その内容は、最近日本を震撼《しんかん》させている殺人事件についての注意書きが一行、『危険な物を持っている人に出くわしたら注意しましょう』という、君達の脳味噌《のうみそ》が危険物だと説教したくなる記載がされているだけだった。余白は全て、生徒会執行委員の思想、流儀、武勇伝が各々に配分された欄（階級によって差がある）に限界まで記されている、つまり『俺様コラム』が目白押しだった。そんな集団であるから、もし僕が謎の転校生であってもこいつらとは喧嘩《けんか》したくない。紙飛行機にしてゴミ箱に投擲《とうてき》した。ボッシュート。

もう一枚の修学旅行については、積み立て金から下ろした金額や、行き先の電話番号など、保護者向けの内容だった。それには一通り目を通してから、折り畳んで仕舞った。

今から約三週間後、僕らは修学旅行の日程が組まれている。行き先は九州だ。三泊四日の旅行で、北九州を巡る予定になっていることを、一ヶ月ほど前に上沼先生が投げやりに説明していた。それを聞いて、生徒会長の菅原道真《すがわらみちざね》は太宰府天満宮《だざいふてんまんぐう》でどれぐらいからかわれるんだろうなあとか僕は考えていた。

さて、普段は放課後には自発的に復活するマユだけど、今日は蘇生《そせい》の兆しがない。若干躊躇いと迷いが生じる。けど一人で帰った場合、待ち受けると予測される報復行為と天秤《てんびん》にかけて軽い方に従った。

教室の後ろ側から目立たないようにマユの席に向かう。そして肩を軽く揺すった。こんな行為に及ぶのは初回なので、周囲の注目が幾らかは集まってしまう。

マユはうゆうゆと何か口ごもりながら、寝《ね》ぼけ眼《まなこ》で顔を上げる。そして涎《よだれ》を啜りながら、僕の存在を認識した。

「……みーくん?」

「うん、かえろ、う?」「とあー」

気の抜けるかけ声をあげ、マユが飛びかかってきた。マユを身体全体で何とか支えて、

マユと僕がちゅーをした。

とてもびっくりしました、感嘆符。

「……………………………………」

教室という空間から音が離脱した。音は、自身の内にだけ木霊《こだま》する。筋肉の収縮、骨の軋み、関節の擦れ。心臓の鼓動。そしてマユの舌が僕の口内を這《は》いずり、唾液をかき集めるように蠢《うごめ》く音。舌の裏側や歯の裏まで舐《な》め尽《つ》くして、集まった唾液を、卑《ひ》猥《わい》な音を立てて吸い込む。そこらあたりで、目が覚めたらしい。マユがパッと迅速に飛《と》び退《の》く。

「……間違えた」

マユが口端《こうたん》から垂れた唾液を指で掬《すく》う。無表情のまま、僕を見上げた。

「…………新しい立場におはようみたいな…………」

級友達との間に、いかんともしがたい壁を建設してしまった気がする。何だよ、駅前でもこんなバカップルどもは散見されるじゃないか。声高らかにそう主張しようかと思ったけれど、溝まで掘られそうだったので胸三寸に留めた。嘘だけど。

マユは機敏な動作でプリントの中心を無造作に摑み、一瞥もせずに鞄に放り込んだ。そして即座に席を立つ。もはやここは僕らの居場所ではない。元よりこんな空間を居場所にしたくはなかったけど、相手からも拒絶される立場になった。もっとも、誘拐事件を知る地元生徒だらけの高校にいて友情などという贅沢《ぜいたく》なものを望みはしない。

マユと連れ立って廊下に出た。マユは教室での失敗に対しても、特別の反応は見せない。何事もなかったかのように落ち着き払い、服装の乱れを正している。

しかし、マユが僕にしか幼稚な部分を見せたがらないということは、今までの態度で理解できた。特別枠な自分。嬉《うれ》しいかと問われれば、一応是で。

それはそれとしてマユの鞄。部屋の惨状から連想し、廊下に出てから中身を見せてもらうことにした。

「いいけど?」と渡された鞄はフェザー級だった。取り敢えず開けてみた。鞄の底が変色したプリントの山で形成されている。教科書とノートは神隠しにあったのか見受けられない。というか、寝室に積みっぱなしだったよな。

底に手を突っ込み、プリントを全て回収する。一年の頃から溜《た》め込んでいたのか、入学式の時に配布された用紙もある。丸めて捨てることにした。

「ウェイト」

教室から声がかかったので振り向く。金子《かねこ》が扉にもたれて立っていた。

「何だよクラス委員」

僕の邪険を含む対応にも曖昧に笑って、金子が近寄ってくる。額を指で掻いたり、腰に手を当てたりと忙しい男だ。じゃあ僕らに構うなよ、と勝手に思った。

「いや、おめーじゃなくて御園《みその》さんに」「なんですか？」

名前を呼ばれ、瞬間的にマユが反応する。昨日ほど敵対的ではないけど、その分冷ややかな印象が際立っている。

「いやほら、昨日聞こうと思ってたんだけどね。ウチのガッコのいいとこなんかない？」

マユは一瞬、流し目で僕を見てから、「別にないです」とだけ回答した。

「あー……ないか。うん、そっか」

ぶつ切りの、もはや会話といえない空疎な言葉の行き来に、金子は情けなく顔を崩すしかない。垂れ目の視線がマユを透過し、突っ立って事の成り行きを傍観している僕に届く。

金子から露骨に送信されてくる救援信号。それにくわえて、さっきのあれ何よ？と僕を問いつめたい下世話な関心が見え隠れしている。よって、僕もあからさまに気付かないふりをした。じゃあねで済むのに、何故《なぜ》言えないのか。

「あー、あー、特になしってのは困るんだよね、統計みたいなの取ってるからさ」

「自由な校風です。風光明媚《ふうこうめいび》です。施設が充実してます。これでいいですか」

「……うん、まあ、いいかな」

聞くんじゃなかった、と苦渋しているのが伝わってくる金子の表情。けど「あと、もう一個だけ聞くとさ」と前置きして、

「君ら、えーと付き合ったりしてたの？」

それが本命の質問だったのか、言い切った時は金子も微妙に達成感を覚えた表情になる。けどマユの対応は、徹底的に淡泊だった。

「それに答えて、何の参考になるんですか？」

「……あー」と、限界が訪れようとしている金子に、

「お前ね、女口説いてる暇があったら、汗の塩を小手に吹き出させるぐらい竹刀振れや」

隣の教室から出てきた生徒が、揶揄《やゆ》するような口調で声をかけた。

生徒会長や剣道部の部長等、肩書きが複数ある高校生。まだ幾つかあるんだけどそれはいいとして、自分語りが大好きな菅原道真君である。

万能という言葉の似合う、僕と地続きの人種とは思い難い奴だ。

思いもよらない方向から救援者が現れて、金子の顔の強張りが弛緩する。

けど、しかし。

「別にそんな話じゃありませんから、くだらないことに結びつけないでください」

マユは、冗談を認識する能力が欠如しているらしい。空気を読まず、本気で食ってかかった。

生徒会長も面食らい、けど即座に「そりゃ悪かったな」と軽くあしらう。会長は金子に鋭い流し目を送り、じゃあ何してたんだお前はと言及を促す。

「パンフのネタ集め。部長が率先してやる仕事じゃないの？」

「そんなの、僕に会えるよーとか写真付きで書いて円満解決だ」

「あんたね、集客効果って言葉をご存じか？」

呆《あき》れ顔《がお》ながらも、金子は友好的な態度で同学年の生徒会長と談話を開始する。

薄い壁が張られた。明快な人間関係の提示で、僕らが入り込むのを予防する。

こちらとしても蚊帳を張られて、外に佇《たたず》む必要は何処にもない。

「帰ろうか」

そう言うと、マユは「うん」と返事をして、僕の手を握った。

階段を下りきっても、下駄箱まではその手と一緒だった。

部屋に帰って、マユは「えろいことするぞ」と元気よく宣言した。

で、意気揚々とソファに飛び乗ったマユは、僕がバッグから着替えを取り出している間に夢の国へ旅立っていた。俯《うつぶ》せで、そのまま放置したら首の筋を痛めそうだったので、寝室に運ぶ。小さめの体軀《たいく》を抱えて、ベッドに寝かせる。えろいことしてやろうかと盛る気概も湧かず、布団を被せて、部屋を出た。

「いつ起きるんだろう……」

恥ずかしながら炊飯の技術は所持していない。僕は我慢しても、あの二人の食事をどうにかしないと。私服に着替えてから、和室の襖をスライドした。

「あ、おかえりなさい」

挨拶が返ってきた。ここで、君達の家かよここはなどと、無粋な受け答えをするのも馬鹿らしい。「ただいま」と、礼節に基づいた。

二人は寄り添って座り、昨日と大差ない景色。違うのは、膝元に毛布をかけていること、朝食を載せていた皿があることぐらいだ。

「あの、これ、ありがとうございます」

浩太君が頭を垂れ、前髪を派手に振り乱す。毛布を指で摘《つま》み、嬉しそうにはにかむ。

杏子ちゃんは、お友達である壁と向き合っていた。

「あんず、お礼」

兄が妹の服の袖を引っ張る。妹は、不満そうに目を吊《つ》り上《あ》げる。

「こーた、バカじゃないの。こいつはゆーかいはんなんだよ。なんでおれいなんか言わないといけないのよ」

仰《おっしゃ》る通りである。至極《しごく》単純かつ真っ当な正論。

「おにいさんはぼくたちを誘拐なんかしてないじゃないか」

これもまた正論だけど、こちらについては聞き流すことを良しとは出来ない内容だった。

「いやいや、僕が誘拐したことにしてほしいんだけどね」

その言葉に、二人とも不可解そうな表情を向ける。当然だろう、本来なら両者とも罪を問われるのが常識なのだから。僕は偽善的な対応をしているけど、この子達が監禁されていることを黙認している時点で、ただの共犯者である。

「それにお礼はいいんだ。池田《いけだ》さんは朝にちゃんと言ってくれたから」

「っ！」

杏子ちゃんの瞼《まぶた》と口がぱくぱくする。同時に開閉とは、無意識ゆえに為《な》せる高等技術かも。

「そうなの？」

浩太君が顔を覗き込もうとするのを避けるように、杏子ちゃんは部屋の隅に逃避してしまう。自己嫌悪にでも陥っているのか、僅かに頬と耳が朱色に染まっている。

「お腹は空いてる、よねやっぱり」

浩太君が正直に頷く。恐怖が軽減されたのか、首振り運動が潤滑になっている。

「もう少し待ってくれるかな。今おねえさんは寝てるから、ちょっと待って起きなかったら弁当でも買ってくるよ」

味も値段も普通の、片道三十分の距離にあるコンビニか、味が悪く値段の高い弁当を販売している近場のスーパーか、どちらへ行くか先程から検討している。

「あのおねえさん、よく寝てますよね」

浩太君が苦笑する。

「この前の日曜日は、土曜日からずっと寝てて、月曜日にやっと起きてきましたから」

……睡眠時間が活動時間に勝る生活って、生きてるといえるのかな？

「そりゃ災難だったね。まあ、今週末は大丈夫だと思うよ、僕がいるから」

「おにいさん、ここに住むんですか？」

「そういうことかな。新参者だけど、今後ともよろしく」

冗談めかして手を差し伸べてみる。おずおずと浩太君の手が伸び、手の平を触れ合わせる。妙に滑りがあり、生理的に受け付けない触感だった。

「垢か……。風呂は、微妙だよなぁ。入らしてはあげたいけど、そこまで自由には出来ないし……」

足枷《あしかせ》を外して、それが仇《あだ》となって逃亡されれば間抜けの極致だし。けど実際、この子達をどうすればいいのか。算段も、閃きもない。

どうこの子達を処理して、平穏を迎えればいいのか。

「あの……」

考えに沈んでいた僕に、浩太君の控えめな声がかかる。

「おにいさんは、おねえさんの友達なんですか？」

「全然違うアルヨロシネ」

中国風日本語が堪能《たんのう》であることを誇示しようとしたら、物の見事に失敗した。何事もなく続けた。

「僕はマユに友情を感じたことはないし、多分マユもない。ただ、大切にしたい人っていうだけだよ」

「……よくそんな恥ずかしいこと言えるわね」

ぼそりと杏子ちゃんが呟く。世間の感覚では、羞恥溢れる言葉に分類されるのだろうか。私の英訳とかの方がよっぽど口にするのが憚《はばか》られるけどな。

「だから多分、君達の関係に近いのかな」

「あたしはそんなんじゃないわよ！」

浩太君が「なるほど」と納得する瞬間を破壊し、杏子ちゃんが乱入してきた。浩太君は寂寥《せきりよう》感を含ませながらも苦笑し、「そうだね」と杏子ちゃんに同意する。予想より浩太君がへこんだためか、杏子ちゃんはバツが悪そうに俯き、また壁と向き合ってしまった。

「あ、いや━……嘘だけど。うん、嘘なのだ。僕とマユは既に熟年カップルみたいなものなのだ。君らのような一桁の年しか生きていない、昆虫でいえば土から出たての蟬《せみ》のような二人では及びもしないスズムシなのだ。けどスズムシの雄って雌に喰われるのだ」

責任感に後押しされて場を取り繕おうとしてみた。当然だけど、逆効果だった。浩太君からは心ばかりの笑いを頂戴し、杏子ちゃんからは怒気に満ちた視線を投射された。僕にクラス委員の才はない。何故なら、僕は美化委員だからだ。

「いやはや、何とも。で、君は僕とマユが友達って確認したかったのか？」

「あ、え、あの、まあ……」

「マユのことが好きなの？」

誘拐犯に恋か。ストックホルムか。

「ち、違います！　そんなわけ全然ないです！」

両手と首をぶんぶんと外れそうな勢いで振り、躍起になって否定の意を示す。怪しい。じゃあ僕のことが好きなのか。あり得ないけど。

浩太君は耳まで桃色にして、俯いてしまった。杏子ちゃんの冷ややかな視線をどう思っているのか。浩太君は、「ほんとに、そんなんじゃないです」と言い訳する。

「だって、怖いですし」

そこで言葉を句切る。

「好きになるとかは、ちょっと……」

えー僕はー？　とか素っ頓狂に反応してやろうか。

「騒ぐのもどうかなって思うし……」

「ん？　……騒ぐとな？」

何気なく呟いた浩太君の一言に食いつく。浩太君は少し挙動を戸惑わせながらも、二度ほど頷く。杏子ちゃんも、それに続いて顎を引いた。

「なんていうか、夜中にすっごく大きく叫んだりしてます、けど……あ、毎日じゃなくて」

「……ふーむ」

顎に手を当てて悩むふり。けど考えるまでもなく、それは世間でいう病気オブハートだ。

「PTSDの類《たぐい》だよな……」

先生はそのことを知っているんだろうか。マユは外来の定期検診にも行っていないはずだ。

「寝惚《ねぼ》けていたっていうのが、一番楽な結論なんだけどね……」

しかし、それはあり得ない。夜中に起床して寝惚けるなどという技術をマユは持ち合わせていない。それに寝付きはいいが、寝起きはぐだぐだで叫ぶ余裕もない。

「……知らなかったんですか？」

浩太君の質問には、意外性が多く伴っていた。でも別に意の外になど何もない。なにせ僕は御園マユのことなど何も知り得ない。それこそ名前とニックネームとペンネームぐらい。言うまでもなく、一つだけ嘘だ。

「別に知りたくないからね」

何割が嘘か自分でも判別出来ない。二人は、「はあ」だの「ふうん」だの気の抜けた返事だけだった。

マユの側へ行こうと腰を上げる。が、その前に二人を一瞥する。

頭の旋毛《つむじ》から足の爪先まで眺めて、思いつきを実行することにした。

「焼け石に水というか、樽《たる》一杯の汚水にワインを一滴というか……。服脱いで。洗濯してくるから」

服を着せたまま本人を湯船に入れた方が手間いらずだけど、そうもいかない。二人は瞳孔を開き、何度か瞼を瞬かせてから、ようやく僕の提案に反応を示した。

「いいんですか？」

「よくないんですか」

僕が善行を積むことはそんなに疑わしいかこの野郎。

「い、いいと思いますけど……」

軽く怯えさせてしまったらしい。反省。某国際的ランドの中の人みたいに、客に対しては行儀良く接することを己に課した。

「それじゃ、服を脱いでくれるかな」

柔らかい口調で右手を差し出す。浩太君からシャツとズボン、それに恥ずかしげに脱いだ下着を頂戴した。それから杏子ちゃんに視線を向けると、毛布で身を隠し、窮屈そうに中で蠢いている。そして、丸まった衣服が載せられた手を毛布の隙間から突き出す。受け取ってから、退室した。

異臭の源泉たるものを抱えて脱衣所に到着し、洗濯機に投げ込む。水に浸《つ》からせたら、洗剤を入れる前に薄黒く変色してしまった。辟易するような汚れ。仕方なく、服を引き揚げてその場で手洗いを行い、表面上の汚れを落とした。それから排水し、もう一度服と洗剤もぶち込み、作業を開始してもらった。見届けた後、次の用意をする。

バスルームへ向かった。まず僕の滑り気を帯びた手を洗浄する。それから風呂桶《ふろおけ》を用意し、シャワーのコックを捻って微温湯《ぬるまゆ》をなみなみと注ぐ。その中にタオルを何枚か浸して、そのまま部屋へ運んだ。

「はい、これで身体拭いて」

余程想定外だったのか、二人は口をあんぐり開く。やはり僕に善行は似つかわしくないようだ。かといって悪行が出来るほど有能でもない。

「本当に、ありがとうございます」と浩太君から立場を忘れていそうなほど感謝される。ふむ。

「至れり尽くせりだね」

「その通りですね」

いや肯定するなよ。

浩太君も毛布に入り込み、杏子ちゃんの体を拭き始めた。過保護な関係は当然として受け入れられているらしい。タオルが毛布の外に出ると、ヤニの付いた窓を拭いたような黄土色が付着していた。すぐに浩太君はタオルをお湯に浸けて絞り、また作業を再開する。その過程は見えないけれど、美術品を磨くように、隙間なく丁寧に妹の肢体を清掃している兄の姿は伝わってきた。その無償に限りなく近い献身的な態度は、僕に蜜柑《みかん》の皮むきを思い起こさせた。

僕にも妹がいた。この二人みたいに、良好な関係を築くことは不可能だったし、血の繋がりは半分だけだったけど。ワガママな妹は蜜柑が好きで、一年中、朝昼夜の主食としていた。肌が黄ばむぐらいに、毎日飽きもせず蜜柑尽くし。その蜜柑の皮むきと、白い筋を取るのが僕の仕事だった。感謝の言葉なんて一度として頂戴したことはないのに、僕はそれを今懐かしみ、嫌悪することはない。多分、嫌う理由がないからだと思う。妹が好きだったわけじゃないけど。

磨き終えたのか、浩太君が毛布から出る。杏子ちゃんも、首もとまで毛布で覆いながら、黄ばみの取れた顔だけ外に露出した。そのてるてる坊主みたいな杏子ちゃんに感想を求めた。

「池田さん、多少は気分とか良くなった？」

杏子ちゃんは、目一杯不満そうに唇をへの字に曲げながらも、小さく頷きを見せる。

そしてぽつりと、僕に許しを与えた。

「……あんずでいい」

「あんず……ああ、呼び方。いいの？」

「………………………」

二度も言わせるな、と目で意見された。

「分かった、杏子ちゃん」

「ちゃんはいらない！」

マユと真逆な台詞に、肩を竦《すく》める。どうやら、好感度がマイナス2からx軸y軸共に0地点までは上昇したらしい。果たしてそこから右斜め上へ向かう余地は残されているのか。

「乞うご期待」

「はい？」

いやいや、と兄の方に向かって手を振った。そういえば浩太君が兄を用いた名称で呼ばれているのを聞いたことがないな。二人きりだと呼んでいるとか、そんな感じかな。

タオルを裏返し、汚水を絞り出してから浩太君が自分の身体を拭く。杏子ちゃんの時とは明らかに異なる雑な手つきで全身の汚れを大まかに取り、烏《からす》の行水より素早く終えてしまった。

「さっぱりしました」

そう言って、柔和な顔つきを、更に破顔させる。

「ああ、ご好評なようでなによりです……」

適当に相づちを打ちながら、浩太君の身体の観察を継続する。

浩太君の肌もまた青白く、けれど一つだけ異なる主張をするものがあった。

それは、本来なら服で隠される脇や内股に残る、内出血の痕。

痣《あざ》が、点々と刻まれていた。

色は変色し、カビのようになっている。

「……じゃあ、おべべが乾いたら持ってくるから」

桶をひったくるように抱えて、席を立つ。二人は不思議そうに首を傾げたけど、それを無視してそそくさと部屋を後にした。襖を閉め、歩く足を意識しながら床を踏み、洗面所に汚水を流してタオルを冷水で洗い、雑巾絞りをしてからようやく、ぼやいた。

「なんつうかさ……」

かなり厄介な子達を連れてきたんじゃないか、まーちゃん。

他人の詮索なんて趣味じゃないけど、こういった些細《ささい》な見聞の積み重ねによって深入りする可能性の高まりは否定出来ない。それは危うい。僕はこれでも人情派。ホントはどちらかというと刃傷《にんじょう》派。どっちも嘘だけど。

「マユに付けられた傷、じゃないと思うけど……」

昨夜の一件からして、好きだからとか反吐《へど》の臭いがする理由で彼女の無罪をごり押しすることは難しい。けど、しかしだ。あのマユが理性的に暴力を振るうとも、考え辛い。人目に付かない位置を狙っての打撃など、かしこさ十九のマユでは実践すると思い難い。彼女なら、例えば杏子ちゃんが徹底的な反抗意志を見せれば、即座に足を翻し、横っ面に蹴りを一閃《いっせん》しているだろう。

「……ほんと、意味不明な誘拐だよ」

誘拐犯本人に至っては、既に興味の対象が僕にしかなさそうだ。そもそもマユは何故あの子達を誘拐したか、そうそう、それだよ。マユが目覚めた時まで覚えていたら独占取材しよう。別に是が非でも知りたい事柄じゃないけど、一応。

洗濯機の稼働音に耳を傾けながら、暫《しばら》く天井を見て過ごした。人の顔のように見える染みとかはない。清潔で潔白で味気ない景色しかないけれど、脳味噌を駆動させるには都合がいい。

御園マユの寝顔を思い浮かべる。

一切の表情をなくした彫像の面。

御園マユの寝姿を思い浮かべる。

呼吸も停止させたように、夢中に身を委ねる姿。

そんな静寂に満ちた彼女が叫び出すなんて突拍子もないことを、

三日後、目《ま》の当《あ》たりにすることになった。

それは言語化出来ない音質だった。

獣の咆吼《ほうこう》とは異なる、切り裂くように鋭利な絶叫。

それは部屋の輪郭の歪《ゆが》みを感じ取れるほどの手応えがあった。

「マユ？　おい、マユ！」

　深夜テレビの通販紹介を放置して、リビングから寝室に駆け、電灯を点ける。そして、横になった姿勢のまま奇声をあげて、目に混濁を浮かばせるマユの肩を揺さぶった。

「いたいいたいいたいいたいいたいいたいいたいいたいいたいいたいいたいいたいいたいいたいいたいいたいいたいいたい……」

　延々と、怨々《えんえん》と呪詛《じゅそ》を口ずさむ。マユの身体を起き上がらせると、それに呼応したように頭を抱え、頭皮を掻きむしり始めた。

「おい、止めなって！」

「いたい、頭がいたいぃぃぃぃ！」

　両方の意味で痛そうだなおい！

　血走った目で中空を睨み、食いしばった歯から白泡を吐き出す。

　骨と筋と血管が浮かび上がる細腕が僕の手を振りほどこうとする。髪を振り乱し、崩壊した動作で暴れる。マユの手が僕の頬に当たり、そのまま爪で力任せに引き裂かれた。サッと熱の亀裂が走る。ミミズ腫れどころか出血を促しているらしい。

「いたいいたいいたいぃぃぃ！」

「分かった、分かったから！　落ち着いて！」

僕の声など届きはしない。ただその存在を鬱陶しがっているだけ。

それが僕と彼女の関係の本質であると、何処かで肯定していた。

今度は眼球の周囲に爪を立て、自傷行為に走ろうとする。同年代の人間を凌駕《りょうが》する力で顔面を引き裂こうとするのを、何とか押さえ込もうと手首を掴み、握り潰すほど力を込める。へし折ってもこの際構わないと考えたけど、そこに至ることはなかった。

「う、うううううううううううう」

マユの身体が、突如折れた。身体は相も変わらず強張っていたけど、それは内から溢れる何かを押さえるために向いていた。唸り、発汗を全身から促す。

「マユ？」

マユの手を、半ば無意識に手放した。

そしてそれを引き金としたように、
その場で嘔吐《おうと》した。

四肢を引きつらせ、醜悪な音と共に胃液と中身をベッドに撒《ま》き散《ち》らす。僕の足や膝にも降りかかり、酸の効いた臭いが部屋に広まってゆく。涙を流しながら吐き続けるマユの背中を撫でることもせず、ただ呆然と事の成り行きを眺めていた。

何度もむせ返り、一旦停止してから嘔吐を再開させる。鼻からも流れて、息苦しそうに白目を剝《む》きながら、それでも吐き尽くすように前傾姿勢を崩さなかった。

マユはそのまま顔を上げず、胃液の染み込んだシーツに顔を伏せた。僕はそこでようやく、マユの身体を起こし、衰弱した顔を軽く拭いてから、そのまま抱き寄せた。

「大丈夫だから」

肩で息をするマユに、意味のない言葉をかけた。

「ここには、僕とまーちゃんしかいないから。まーちゃんを苛める人達はやって来ない。ずっとずっと訪れない。だから、大丈夫」

背中をさすると、またマユは少し嘔吐した。首筋にかかる生温《なまぬる》い液体に鳥肌が立つ。けど不快とは感じないし、離す気も起きない。

今度はマユが、僕の手首を摑んだ。

手入れのされていない爪が血管に刺さり、そのまま動脈を突き破るのかと思った。

「やめてよ」

マユは誰かにそう言った。心当たりは、何人かいた。

マユが見ていたもの。

マユが感じていたもの。

それはきっと、僕も共有している。


一時間はその状態を維持した。マユは、震えに苛《さいな》まれながら僕の手首を握り続けていた。既に手は鬱血し、壊死《えし》寸前に思えるほど黒色の絵の具を内部から生産している。

それでも、マユに落ち着きが少し戻ったのなら、何も問題にするべきことはない。

「みーくん、みーくん……」

「大丈夫だから」

マユの額の汗を拭き、何百回と繰り返した薄い台詞がまた口をついて出た。

「ほっぺ、傷。どうしたの。血が出てる。痛いよ」

カタコトっぽい口調でひり痛い頬を指摘してくる。

「ああこれはね、さっき木の枝で引っかけたんだ」

「あ、ああそう、そうなんだ。痛いよ」

傷に指先で触れてくる。取り敢えずこの話題は殺して、次に進むことにした。

「そんなことよりまーちゃん、お医者さんから貰った薬はある？」

意図的に、子供に言い聞かせる文体で話す。マユは何度も小刻みに首を横に振る。

「お医者さんのところにどうして行かないの？」

「だ、だってだって、あいつ嫌い。わたしに嘘ばっかり言うから嫌い」

つまり僕も嫌いなんだなまーちゃん。まあそれはどうでもいい、仕方ないから僕が常備していた薬を飲ませよう。

「今から薬を持ってくるからここで待って……」

「や、やだやだやだ。わたしも行く、みーくんと行く一緒に行く」

僕の腰に、縋るようにしがみついてくる。頭を一撫でして、それを受け入れた。

マユを抱えて、ベッドから下りる。子供のような手を握り、大丈夫と何度も言い聞かせて落ち着かせる。笑顔を作る練習をしておくべきだったと、少しだけ後悔した。

リビングに向かい、置いてある僕のバッグのポケットから、薬剤の入った紙袋を取り出す。それを口でくわえ、早足で台所へ入った。不安げなマユを自前の足で立たせ、棚からガラスのコップを取って水を汲《く》む。

「はい、これを飲むと気分が良くなるから」

別にいけないお薬ではない。袋から錠剤を二つ取り、マユの頼りない手の平に載せる。落ち着きなく視線が動くマユに、コップを渡そうとすると、

「あっ」

マユの肩が顕著に反応し、指がコップを弾《はじ》いた。宙を彷徨い、椅子に引っかかりながら床へ落下する。硝子《ガラス》の筒は鈍い音を断末魔とし、砕けて大きめの破片となった。

「あ、ああ、あ、ごめんねごめんねごめんね」

マユが誰かに必死に許しを請う。屈《かが》んで、素手で破片を回収しようとしたのでそれを遮り、軽く抱擁して背中をさする。

「いいから、ね。誰もまーちゃんを怒らないから」

零《こぼ》れた水が足の指先に染みる。破片を踏まないようにと、そのまま少し離れ、脆《もろ》そうなマユの肩を優しく叩く。床に転がる薬を放置し、新しい薬を取り出してマユの手に握らせる。それからまた、次のコップを取って水を汲み直した。

「薬、口に入れて」

マユの手を導き、肉付きの薄い唇を開かせ、錠剤を赤白い舌の上に置いた。そして今度は、マユの手の甲に僕の手も添えて、ゆっくりコップを傾ける。微細に揺れる唇にコップが口づけられ、水が口に流し込まれる。音を立てて嚥下《えんか》し、それを見届けてからコップを離した。

「ん、えらいえらい」

頭を緩く撫でる。マユが僕の胴体に付着し、顔を胸に埋めた。

流しに水を捨て去り、コップを置く。それからマユを引きずって移動し、３ＬＤＫのＬにあるソファでマユをあやす。

「テレビでも見ようか。まーちゃんが眠くなるまで、僕も起きてるよ」

ブラウン管を眺めると、玉葱《たまねぎ》スライサーの紹介はとっくに終了し、今度は金真珠の販売を大々的に行っていた。

「みーくん、みーくん」

脳天気成分が微塵《みじん》もない、必死な呼びかけ。無言ながら、髪を撫でてそれに応える。

「みーくんは、わたしのこと苛めないよね」

「苛めないよ。まーちゃんの味方だから」

「そうだよね、みーくんは味方。みーくんは味方……」

譫言《うわごと》のように繰り返す。自身に刷り込むような行動に、口は挟まない。

「みーくんはわたしを助けてくれる。幼稚園の時も蜂から助けてくれた。小学校の時も嫌な先生から助けてくれた。いつだって一緒にいてわたしを助けてくれた。ずっとずっとわたしの味方。だからみーくんはわたしを苛めない一緒にいてくれる一緒に一生裏切らない嘘つかない」

「……よしよし」

お茶を濁す態度を取った。だって、最後のは、ねえ。

「明日は、お医者さんのところに行こう」

ふるふると、小動物のように首を振って拒否した。チワワっぽくて、美人はどんな状況でも良い役者になるなぁと、不謹慎にも和む。

「大丈夫だよ、僕も一緒に行くから。それでその後はデートしよう」

注射を嫌がる子供の説得みたいだな。マユは、一つの単語を抽出して反芻《はんすう》する。

「でーと」

「そう、デート。僕と遊ぶのは嫌ぃ？」

また小動物化して否定した。先程より微震になっていた。

「みーくんと、遊びたい」

「うん。まーちゃんが行きたいところへ行って遊ぼう」

近場には公園ぐらいしかないけど。否応《いやおう》なしに選択肢が狭いのが、田舎の嫌な持ち味だ。

「だから、お医者さんに行くよね」

だからとか、全く因果関係が繋がっていないけれど、マユはがくがくと首を縦に振った。ダボハゼ級に釣り針に引っかかってくれる。

「うん我慢する。嘘つきに会う。みーくんも一緒に来てくれるんだよね」

「勿論」と力強く肯定する。そこで落ち着いたのか、マユは水を与えすぎた植物のようにへたり込み、ソファに寝転んだ。

そして、三十分で一時間分の脂肪燃焼効果がある歩行運動器具を無言で観賞して、やがて瞼を下ろした。寝息を漏らすこともなく、電源を切ったように活動を停止させる。

テレビの電源も切る。そのまま、マユをソファに横たわらせて、寝室に行く。汚れたシーツを引っ剥《ひぺ》がし、最初にこの部屋で見たように丸める。それから僕の使っている、嘔吐物の降りかかっていない布団を持って、暗闇に部屋を譲ってからマユのもとへ戻る。マユに布団を被せてから、少しだけ寝顔を眺めた後、いつも通りに就寝の挨拶をした。

「おやすみ」

いつも通り、マユからの返事はない。部屋の灯《あか》りを落とした。

……今更言うまでもない話だが、僕とマユは寝床を共同使用している。当然、そこでは睡眠行為にしか及んでいない。実に健全、R指定とは無縁な間柄だ。

身震いする部屋の空気。床の冷たさは、冬の影を踏んだようだった。早々の退散を決め込み、何処で寝ようかと思案しながら部屋を後にしようとして、

「あのー」

浩太君の控えめな声が襖越しに配信されてきた。方向転換し、襖を開いて畳に足を付ける。低い天井から垂れ下がる紐《ひも》を引っ張り、蛍光灯を起床させた。

二人は毛布にくるまって座っていた。ただ、表情は眠たげで、目をしきりに擦っている。

「その汚れ、どうしたんですか？」

「二日酔いのままメリーゴーランドで夜明かしさ。それより、起こしちゃった？」

「あ、へーきです。こーいうの慣れてますから」

「慣れてる？」

微妙な発言だった。二人にとっては失言だったのか、杏子ちゃんは「ばかこーた」とのんびり呟き、脇の肉を抓《つね》る。浩太君は眉根を寄せながらもへらへら笑って追及から逃れようとした。またたま。また何かが積み重なっていくような錯覚に囚《とら》われる。というかもう十中八九の確率で、この子達に降りかかっていた災厄、厄災でもいい、それが見え始めて、見終え始めたと確信している。いくら詮索嫌いの僕が相手でも、そ

こまで前振りしないでいただきたいのだが。

話題を逸らさねば。僅かな方向修正から、ズレを生じさせねば。

「しかしあれだね、あれだけ騒いでよく立ち退き勧告されない……」

ピン、ときた。

頭に電球を装着して閃きを表したいぐらいだ。

「おにいさん？」

違和感にようやく気付いた。自身の経験とは噛み合わないから、目前に晒《さら》されて尚正体を看破出来なかった。それは状況の差異があったからこそ、僕らに施されなかった処置だ。

「なんでだ？」

主語のない問いかけに、浩太君は怪訝な表情をした。杏子ちゃんは特に反応なし。

簡単なことだ。この子達は、僕と会話している。つまり、口が塞がれていない。マユの大騒ぎが苦情や問題になってないとするなら、マンションの防音は完璧ということなのか。だけど更に、この子達の足は不自由、手は自由気まま。壁を叩いて金切り声あげて、全身全霊で騒ぎ続ければ、流石に隣室にまで響くはずだ。それで室内に捜査が及べば、足枷が逆に動かぬ証拠となって、手錠のアクセサリが僕らに贈与されるだろう。

「うわ、穴だらけ」

なんて手際と対策の雑な犯行なんだ。先程のマユじゃないけど、頭を掻きむしりたくなった。僕も現実を見たくなーいー。

「あのさ、君達……」

そこでまた言葉を途絶えさせる。あのさ君達、なんで大人しくこの部屋にいるの。それを尋ねた瞬間、流しそうめんのような勢いで、望ましくない何かが始まる気がした。

挙動不審な僕に、浩太君は目を丸くしている。僕の言葉を律儀に待っているのかもしれない。一方杏子ちゃんは、普段の険しさは消《き》え失《う》せ、寝惚けた表情。

「ねえ」

杏子ちゃんが、口をむぐむぐと気怠そうに蠢かす。

「あの女」

「女じゃなくて、おねえちゃん」

少しだけ語気を強めて改正を促した。あの女とはなんだ、礼儀を知れ。あれは僕の女だ。嘘だけど。杏子ちゃんは気圧されたのか、それともただ眠いのか反論せずに訂正した。

「あのおねえちゃん、頭がおかしいんじゃないの？」

実に含みのない、真実一路な評価だった。そんなわけねえだろこのジャリガキ、とか異論反論を述べる気は毛頭ない。

「あんず、そんな言い方は駄目だよ」

そんな言い方が駄目なだけで、表現の行き着く先には問題ない、と。

「いや、いいけどね。あれでカラオケ大会ですかなんて感想持つ奴は、仲間に分類されるだろうし。……頭の螺子《ねじ》は足りてるはずなんだけどね」

杏子ちゃんの言葉を肯定する。けれど、僕はマユに対して否定的な姿勢を持っているわけじゃない。マユのそういった要素に、少なからず魅力を覚えているからだ。彼女の精神は喜怒哀楽の強弱高低が偏りすぎているけど、だからこそ常人には組み上げられない感性を内包することが可能だ。異質か異彩か、判別が難しいのだけれど。

この子達もある程度付き合えば、理解してくれると思う。……いや、それより。

「……足りてるけど、建築に失敗したんだ」横槍《よこやり》を入れられてね」

断りなく人の過去を語る趣味はないけど。

どうしてか、このまま放置しておく気にはなれず。

他人に、少しだけ昔を晒した。

「マユの両親は、僕らの目の前で殺されたよ」

感情を込めずに発言した。というか、込められなかった。何を使えばいいのやら。

「その時に、僕とマユの螺子は緩んじゃったのかな。一目で分かる不具合は、マユの方みたいだけどね。……やっぱり、僕もちょっとね」

何故なら、僕はマユの行動を咎《とが》めない。罪悪さえ感じない。

そうであるように、心を眠らせている。

二人の顔色を観察する。浩太君は微妙にびくつき、杏子ちゃんは無反応。普段着な反応だったので、僕も普通に締めをすることにした。

「と、いうことでだよ。マユのことを悪く言うぐらいなら、先に僕を罵ってほしい。いやいや別に倒錯的意味合いはない。ただ、自分の悪口の方がマシだからね、うんそれだけ」

最後は口早に告げ終えた。羞恥に身を捩《よじ》りたかった。何だよ罵ってほしいって。

お話が終わって、質問コーナーを設ける気はなかったけど、微妙に覚醒した杏子ちゃんが素朴な疑問をぶつけてきた。

「なんであのおねえちゃんをそんなに庇うの？」

好き好き大好き超アレしてるから。嘘だけど、とは言い難いなぁ。

「大切だからだよ、あんず」

浩太君が真っ先に反応した。

面倒な方向に飛び火しそうな気配を察し、話題を微妙にすり替えることにした。

「昔ね、今と似たようなことを聞かれた人がいた」

「……？　誰ですか」

浩太君が問う。特定名詞を使用せずに、それに答えた。

「誰かの母親。子供の身代わりになって殺された人。その人は震えながら、それでも迷わずにこう答えたんだ」

一拍置いて、かつて耳にしたことをそのまま口にした。

「母親だから、って」

二人は眉根を寄せた。眉唾物だとでも思っているのだろうか。

だけどこれは嘘じゃない。

僕は確かに、彼女の母親がそう言ったことを覚えている。

それは数少ない、
したくとも虚偽に出来ない、想《おも》い出《で》。

そして、それが、マユを庇う、僕の最たる理由でもある。

音量と趣味全開の選曲が扉越しに耳を劈《つんざ》く。一階の待合室の窓から透視するのどかな昼前の景色とは相容《あいい》れない派手なBGMに顔をしかめているのは僕だけだった。僕しか近辺に人がいないからだ。ただでさえ人口の少ない人里からさらに離れた、山の麓にある建物は、消毒の匂いが薄い。何故なら、ここは、心の病院だからだ。

ペンキが剝げかけている白塗りの扉が開く。派手に扉を閉めて退出したマユは、あからさまに不満を顔に宿していた。マユが僕の隣の椅子に倒れるように座り込む。

「お疲れ。どうだった?」

普段より声量を上げて話す。意識的にそうしないと、声が別の音に喰われる。

「もう来ない。あんな嘘つき、だいっきらいだ」

子供の部分を隠しもせず、不満を吐き捨てる。今日のマユは僕が洗濯した余所行《よそい》きの服を着て、深くベレー帽を被っている。

「どんな嘘を言われたの」

「知らない。嘘つきの話なんか覚える価値がない」

しかし何故か僕の言葉は覚えている。それが分からない。

座った時に位置がずれた、マユの帽子を修正してから席を立つ。

「じゃ、ちょっと待ってて。次は僕の番だから」

「もの凄く嫌」

振り上げた足を、駄々っ子のように地面へ叩《たた》き付《つ》けた。その際にスカートが一瞬めくれ、太股《ふともも》の外側に一際目立つ、長細い傷痕が覗けた。まだ、あんなにご健在でしたか。お懐かしゅうござらない。

「デートするんでしょ？　こんな所にいる意味ない」

茶色のブーツが連続で床を蹴り、廊下に音を響かせる。けれどそれも、場の音楽に消化されて、聞き取りを困難にしていた。

「今日は検診日なんだ。少しだけ我慢して、お願い」

拝むように頼み込む。祈りが通じたのか、マユは精一杯の不満を顔に宿しながら、それでも不承不承に頷く。

「明日もデート」

「おっけー」

「明後日《あさって》もデート」

「学校の理科室や体育館でいいなら」

そんなこんなで、部屋の主でもない少女に入室の許可を取った。

螺子の緩くなった扉を開く。その入り口から先、窓際の椅子に座る長髪の女性が目線だけを僕に向けた。

清潔な白衣に、青のミニスカート。スリッパは脱ぎ散らかして、足を遠慮なく伸ばしている。

「相変わらずだねぇ、あの子」

それが第一声だった。

「子供の頃から何一つ変化してない。あーでも、みーくんどこーから、みーくんいるーに変わってたか。全然良い変化じゃないけど」

手に持っていたカルテを机に放り出して欠伸《あくび》をする。なんで僕が入ってきたらくつろぎ出すんだろうこの医者。茶飲み友達と間違えてないか。

「で、当病院から無理矢理退院してくださった生意気な娘さんを連れて今更何の御用でございましょうね、『みーくん』」

「その呼び名はマユ専用です」

「はいはいバカップル」

目元を擦り、背もたれを軋ませながらようやく、僕と向き合った。

坂下恋日《さかしたこいび》先生。三十路《みそじ》を迎えた精神科医、独身。読書は漫画だけな大人。

「それで、どういう心境の変化かしら。御園に自分のことを明かすなんて」

腕と足を組み、品定めするように僕を眺め回す。知的美人に程良く似合う姿勢だった。裸足《はだし》でなければ。

「質疑応答は、最初の問いだけでいいですか？」

「別にいいわよ。どうせ嘘しか言わないから」

見抜かれていた。小学生の時からの付き合いによって、人格把握は完璧らしい。

「マユが夜中、突然頭の痛い子になったんです。で、心配ですから先生に診てもらおうと思って連れてきました。それだけです」

「夜中……御園と同棲してるの？」

先生が目を細め、聞き逃さないといったように詰問してきた。精神科医なら、頭という単語に注目してほしい。

「ただ寝食を共同の居住区で行っているだけ」「を同棲というわね」

「地球という限られた環境下の、更に国土の手狭な地域である日本の一国民として蜜柑もかくやな倹約節約精神を発揮して空間を有効に共同活用する」「ために同棲しているわけね、はいはい」

「……なんか怒ってます？」

「とってもね」

音楽に合わせてこめかみを指先で叩き、足の先で軽快に床を踏む。

「嘘だけど」

芸風を真似された。しかしそんな憤りに溢れる声では、その嘘自体が嘘くさかった。

先生は暫く無言で目を閉じ、最後にやれやれと首を振って葛藤を終えた。

「予測はしてた。君と御園が並んで現れたもの」

「おしどり夫婦に見えちゃいましたか」

「アホか君」と侮蔑的な視線を向けられた。そして、額を指で押さえて溜《た》め息《いき》。

「飼い犬を泥棒猫に寝取られた気分ね」

「どんな怒濤《どとう》の展開ですかそれ」

「初めて会った頃は先生っていうより、せんせぇって感じでちょこまか懐いてたのに……」

それから嘆くように、「思春期の子供を持つ親の気持ちかな、これ」と愚痴混じりに呟く。

「まあ、君の私生活はアタシの管轄じゃないから何も言えない。爛《ただ》れて腐り落ちてもね。けど、御園の精神状態に有効かは、首を捻らざるを得ない」

脈絡もなく正常に復旧した。

そして本当に首を捻った。べきべきと小気味良い音がした。

「あの子に君がいるってのは、良いこと尽くめとはまかり間違っても思い難いわね。肥料なんて投与しすぎればただの毒だし」

「けど、らぶで満たされてます。らぶは何より尊い精神じゃないですか」

「ダウト」

「正解」

心にさえ思ってません、そんなこと。

指先で机をノックしながら、先生は呆れと苦みを混ぜた表情になる。

「嘘をつくことが癖になってるわね、完全に。慎みなさい」

「先生、人に嘘をつくなと言うのは、サッカー選手に物を足蹴にするな、登山家に山は危険だから登るなと言うようなものだと思いませんか」

「実にその通りと肯定してあげる。けどそれは君に適用不可。サッカー野郎や山マニアと君には小さな差異があるのよ。サッカー選手は蹴る物を選んでる。ボールを基本として、後はせいぜい人間と自販機ぐらい。登山家だって、ご馳走《ちそう》の山には登頂を試みないでしょ。つまり節度がある。君との違いはそれ。人生全てを嘘で押し通したい君は標準の人間に対する論理を用いることは出来ないの」

さらりと、君は人間じゃないと言われた。侮辱だろうか、これは。微妙なラインだ。

それについては後々一人で論議するとして、話を回帰させることにした。

「それで、マユのことなんですけど」

「腰が悪くなってた。あんまり無茶な体位は取らせないように」

「なに出鱈目《でたらめ》言って揺さぶりかけてるんですか、まだ人前でキスする程度の仲ですよ僕ら」

「そっちの方が善良な市民にとっては公害なんだけどねえ」

したり顔で揶揄される。それに対し僕は話題の路線を修正しようと、語気を強めた。

「マユの精神について尋ねたいんですよ精神科医の坂下先生」

先生はジト目で僕を睨《ね》め付《つ》け、冷めた口上を切り出した。

「人類皆嘘つき。特にアタシは別格。みーくんだけが真実」

昔と変わらない文字の群れを吐き出し、諦めを語った。

「あの子の治療はアタシには無理。薬は出すから、毎日服用させなさい。あと、御園を寝かせる時は電灯を点けたままにすること。それで多分、突発的に騒ぐことはなくなるから」

先生が語った対処法で、悟るものがあった。

マユの騒乱は突発的だ。けど、昼間、少なくとも学校では発生しない。

夜間限定なのはきっと、暗闇という環境にトラウマがあるからだろう。

なるほどね、身に覚えがある。

「自分の傷痕を意識していないあの子は、普通に灯りを落として眠るからそんなことが起きる。薬も二回しか渡してないし、果たして何年前から苦しんでるのかしらね」

他人事の話し方だった。まあ、口を開くたびに嘘つき黙れと言われ続ければ、良い感情を維持することなんて不可能だろう。

けれど。

「だからって、無理とか言われても……。他の先生なら出来るってわけじゃ、ないでしょう」

先生は唇の端を吊り上げ、笑顔みたいな表情になる。決して笑ってはいない。

「君はアタシをどう評価してるのかな、一度尋問してみたいよ。それはいいとして、御園の治療か……ねえ、治療ってなにかな」

先生が尋ね返してきた。それも、教師的な問いかけではなく、学校の級友に、ふと思った素朴な疑問を口にする口調で。

「何って、療法を用いて傷を治癒させるってことじゃないんですか？」

「そうね、それで百点解答」

その割に溜め息をつかれた。満点とは言っていないから、二百点が上限というオチかな。

「傷を治せばいいのよね」

「そうですけど」

「その怪我に処置を施す刺激で命を失うような患者でも、傷を塞げば治療、かしら」

「……いや、それは違うと思いますけど」

僕の言葉に反応せず、考え込む姿勢に入ってしまった。指先が、組んだ足の膝を叩き、反対の腕で頬杖を突く。指先や足で何処かを叩くのは、先生の癖だ。

僕の存在を意識から排除し、物思いに耽《ふけ》る。まあ、今日は僕を患者として扱う必要はないし、文句はない。

「……えと、それじゃあ、今日はこれで」

会釈して、席を立とうとする。そこで先生が呼び止めた。

「一つ世間話してあげる」

妙な前置きだった。姿勢はそのままで、物憂げな視線を僕に向けてくる。半分浮いた尻を椅子に静める。

気負わない調子で、先生が話を切り出した。

「君ら、殺人犯じゃないかって疑われてるわよ」

何かを噴き出しそうになったけど、平静を保って目尻の震えも押さえつけた。

「何だか最近、ここら辺で殺人事件が起きてるらしいの」

テレビを鏡代わりとし、新聞紙をゴキブリ退治のツールと信じて疑わない非文明的な社会人は、さも極秘情報を漏らすように楽しげな様子だ。おっくれてるーとか言ってやればいいのか。

「君も危ない物持ってる人に話しかけられたら注意しなさい」

「……先生、昔は生徒会長とかやってました？」

「万年美化委員だった」

あれぇ？

……さて、気を取り直して。

「それで、どちら様が疑いを？」

「そんなもの、探偵か警察ぐらいしかいないでしょ。人と仲良く談笑しながらあいつは殺人犯だなんて考えてるサイコな連中は」

「それもそうですね。で、どっちですかそんな嘘八百《うそはっぴゃく》を信じきっている方は」

「安楽椅子警察」

それはただの職務怠慢だ。

「警察と仲良しだったんですか」

以前、速度違反で捕まった時は、罵倒の限りを尽くしていたのに。

「このサイコマインドメトラーアサシンに愚問を投げかけないでほしいね。ツーカーよ」

この嘘つきは何を言っているんだろう。

そのまま先生は、何事もなく話題の続きを接合する。

「高校の同級生がスケバンじゃない女刑事やってるの。そいつに色々尋ねられた。変な奴でね、小学校の文集で探偵になりたいとか夢見がちなことを書いてたよ」

懐古に浸ることなく、淡々と言う。本人としては、高校時代など昨日の晩飯ぐらい身近な記憶にあるのかもしれない。年齢という要素については意見抜きで。

「あくまで個人的に疑ってると言ってたけどね。君達は容疑者候補に挙げられてる」

容疑者候補、ねえ。意味被ってる気がする。

やれやれ、と余裕ぶってみた。

「僕らみたいな善良で矮小《わいしょう》な小市民を疑うなんて、余程捜査が行き詰まってるんですね」

「君が疑われる理由なんて幾らでもあるよ。過去に犯罪に巻き込まれた人物は、自身が影響で行う可能性が増加する。精神科の先生と仲良しだ。人望がない。飼育委員だからだ。一つ嘘だけど」

本当に一つなのかそれ。というか、どうして真似出来るんだ。

「まあ、アタシ個人の見解では、御園は怪しまれても仕方ないかな」

「あんなに純粋で考えなしで幼稚で逃げ足が遅いマユの何処を疑うというんですか」

「貶《おとし》めることで擁護してどうするの。それで今度、君らと個人的に話がしてみたいんだって」

「取調室でなんてオチじゃないですよね」

「留置場だったりして」

笑えない冗談は、冗句じゃなくて事実を述べているだけだと思う。

「こっちとしては私的公的関係なく、お会いしたくないですね」

微妙に嘘だけど。

「それは君の自由だから、勿論断ればいいけど。なかなか面白い奴だよ、少しだけ君に似てる」

そう言って、穏やかに笑む。

少しでも僕に似ている人か。

……きっと性悪なんだろうなあ。

「ただ違うのは、君は単なる嘘つきだけど、あいつは嘘と真実を編み込んで喋ることかな」

「ほほー」

賭けてもいい、性悪だ。

最高潮のノイズとシャウトに乗じて椅子から腰を上げた。そこで、ふと感じた疑問を、オーディオを指さしながらぶつけてみた。

「苦情とかこないんですか、それ」

先生は「べつにー」と軽い否定をする。

「デスメタルお婆《ばあ》さんとかに大好評」

大好評なのはいいけど、デスが婆《ばあ》さんに付属するのは些か問題な気もする。

「患者さんにリクエストされた曲をかけてるから、意外と好評なのよ。注文がない時はかけないか、アタシの趣味に合わせるけど」

「そっすか。僕は聞かれたことないんですけどね、一度も。そろそろお暇《いとま》します。これからデートに行くんで」

「ふーん、いいねえ。アタシの休日と取り替えない？」

「嫌です」

断固拒否した。一日中、漫画喫茶に入り浸る生活は僕に馴染《なじ》まない。

普段より大きく頭を下げ、素早く戻す。足を引っかけそうになりながら振り返り、早足で入り口へ向かう。そして扉に手をかけ、歩を休める。

「先生」

「んー？」

「僕は、人を殺したことがあるんです」

暫く返事は訪れなかった。声が届かなかったかもしれない。それならそれで大変結構。ドアノブを捻り、扉を押した。

そして、半分廊下に出たあたりで、

「ダウト、とだけ言っておく」

正解、とは言わずに部屋を後にした。

廊下の待合い椅子には、顔を酸欠状態の青色にして尚、診療室から流れてくる音楽を鼻歌で演奏するデスメタル婆さんが鎮座していた。亡霊と自己紹介されても受け入れてしまえそうだ。

そして、それら全てを意に介さず、椅子の上で器用に丸まって眠るマユ。

「…………」

薬を受け取ってから、マユを背負ってマンションへ帰宅した。

そして彼女の傍らで、目覚めた時のための嘘を思案し続けた。

昔から。

昔から連綿と続いているからあってないぐらいに自覚が薄く削《そ》がれてしまったけれど。

予定調和だったんだ、僕以外の都合が混入することは。

悪くない三週間だった。断片的な出来事しか思い出せないような、普遍的な日常で構成された過去。誇れるほど素晴らしいことも、嘆くほど悲愴《ひそう》な出来事も存在しない。マユが僕を嘘つき呼ばわりして、埋め合わせという大義名分の下に、一週間丸々学校を休んでのデートを強要されたり、マユが惰眠を貪っている合間をぬって診察を受けに行き、先生と漫画談義に花を咲かせて帰宅が遅れてマユの機嫌を損ねたり、朝方どうしても布団から脱しようとしなかったマユを着替えさせて学校へ連れていこうとして、スカートだけ穿《は》かせた状態でマユが起床して誤解を招き、支離滅裂な展開になって結局休んだり。

断片的にとか格好付けてほざきながら、細々とくだらないことを記憶している自分に落胆を禁じ得ない。まあ仕方ない、せせこましいのは性分だ。

それから浩太君達と戯れてみたり、菅原《すがわら》率いる剣道部が大会で好成績を収め、定期発行を無視して生徒会便りを大増刷したり、九人目の犠牲者が出たりした、そんな日々の終わりに、

僕を呼ぶ電話の音が、主のいない部屋に鳴り響いた。

代理として子機を取り、通話ボタンを押した。

「もしもし、御園ですけど」

「あ、どーもー。その声は御園マユちゃんじゃありませんね、待望の『みーさん』ですか？」

「……失礼ですけど、どちら様でしょうか？」

「上社奈月《かみやしろなつき》という、警察のしがない歯車です。みーさんの大好きな恋日先生の大親友ですよ」

ああ、この人が噂の刑事さんね。……なるほど。

「で、みーさんでしょう？」

「たわば」

「やっぱり大嘘つきのみーさんですね、こんにちは。やっとお電話が繋がりました」

「バカにするでねえ、圏外じゃねーべオラん家《ち》」

「いえいえ、素敵な女の子に電話を切られていたんです数日前から」

「ああ、ワイフですねそれ。怪人からの電話は容赦なく切るように躾《しつ》けてますから」

「明日までに死んでくださいが奥様の決め台詞ですか」

「いいえ、お前はもう死んでくださいです」

「礼儀正しい奥様ですね、敬服に値します。それでみーさん、私と浮気なんてどうです？」

「間に合ってます」

「人類の敵ですね、鶏糞《けいふん》に値します。では三号さんに立候補です」

「永久欠番ですのでご遠慮願います」

「ユニイクな方ですね、誰に似たんでしょうか」

「お隣のお子さんに似てるって噂されてますよ」

「それは素敵な昼メロですね。そろそろ承諾しないと不敬罪で強制連行しますよ」

「嫌ですね上社さん、DNAの相違があったとしても父をダディと認めますよ僕は」

「とうとう私を怒らせてしまったようですね」

「とか言いながら笑いまくってますね」

「みーさんの女を寝取ります」

「それは怖い」

「具体的には、宅配屋でドッキリ作戦です。成功率は大リーガーばりです」

「では妻には敬遠の指示を出しましょう」

「つれないですね、みーさん。じゃあ後日、私からそちらへお伺いしますね。マユちゃんとも機会を見てお話ししたいと思っていますので一挙両得、二兎《にと》狩《が》りです」

「……分かりました、上社さんの熱意に応えてお会いしましょう。ただし、妻には内緒で」

「そう言ってバレなかった浮気はありませんよ」

「ところで上社さん、何処かでお会いしたことありますか？」

「原始的なナンパ術ですね」

「いえいえ、いつぞや拝聴した記憶のある美声ですから」

「ああ、それは私も思ってました。初めて声を聞いた時から好きだったの！」

「声に恋ですか、テレホンショッピングに気を付けてください」

「待ち合わせは何処にしましょうか」

「暗いところで」

「分かりました。ではでは」

通話を断った。

二秒後にリコールされた。

「マユちゃんのお宅から最寄りのデパートで、三階喫茶店に十一時、週末」

「……駅前のとこですね、分かりました。これにて御免」

子機を置いた。

「やれやれ」

来週から修学旅行だというのに、いつもこうだ。

僕が、物事を上手《うま》く運べたことなんて、一度もないんだ。


電話の後、和室の襖を開いた。部屋は秋と冬の境目を迎え、室内の温度も低下の一途を辿《たど》っている。

「あ、おかえりなさい」

「……おかえり」

そしてその部屋には、当然のように二人が居座り、漫画から目線を上げて僕に御挨拶。脇には、先生から借りてきた漫画が積み上げられている。挨拶を返し、襖を閉じてから僕も腰を下ろした。

手近にあった漫画を一冊取り、適当なページを開く。それを一ページほど読んでいる間に、外界の情報より、内面の思考を優先するようになっていた。平たく言うと物思いに耽った。

上社奈月。刑事。幼少期は探偵志望。嘘と本気の境目があやふやな性格。先生の同級生。つまり今年で三十一歳。その程度の情報しか手元にはない。後は、先生曰《いわ》く

『少しだけ君に似ている』。

まあ、月から地球を眺めても人類を見ることは出来ないから、似ているかどうかなんて正否を出すのは難しいものな。ただ先程のやり取りによる第一印象として、厄介な人だと確信した。

そんな素敵な相手と、週末に喫茶店で逢《あ》い引《び》き。何処をときめかせればいいのやら。

「おねえさんは寝てるんですか？」

浩太君の声で、頭を切り換える。漫画を両手で閉じてから答えた。

「ああ、担任に抗議してる」

杏子ちゃんも顔を上げ、首を傾げる。最近は、時折に無邪気な一面も覗かせてくれる。

「修学旅行の宿で、僕と同じ部屋にするように主張してるんだ。無理だとは忠告したけど馬耳《ばじ》東風《とうふう》だから、そのまま置いて帰ってきた」

僕が去ったことにも、話し合いという名のわがままに夢中で気に留めていなかった。

「はあ……。帰っちゃったんですか」

浩太君は意外そうな調子だった。

「なんか変かな？」

「うん。いつも一緒にいるから」

杏子ちゃんが答える。浩太君も頷き、僕としては「そうなんだけどね」と言うほかない。

「甘やかしすぎるのは良くないかなって」

マユは少しワガママが過ぎる。三週間の暮らしで、そんな面が目立ち始めた。

例えば僕が彼女の意見を聞き入れなければむくれ、彼女以外の人と会話すれば二人きりになった途端激怒で心が尖る。

マユにとって僕は、隷属の位置づけであることが最も望ましいということ。

「……まあ、いつまでも一緒ってわけにもいかないしね。そのうち警察の御用になるし」

僕は犯罪者であり、いずれ裁きを受けることは確定しているのだから、マユには独力で生きることを学び直してもらわないといけない。

それは技能でも知恵でもなく、ただ享受する覚悟を養うこと。

「…………………」

マユには、それが出来るほど心があるのかな。

それはそれとして、警察という単語に対して、浩太君は心なしか申し訳なさそうに肩を落としている。杏子ちゃんは所在なく視線を彷徨わせている。どうやら、この心根の優しい子達はお門違いの責任を感じているらしい。

「君達が気にすることじゃないよ。元々は……マユが、悪いんだろうなぁやっぱり」

そういえば、この誘拐の意義は何だろう。この疑問が脳を覆うのは常習的だけど、未だに本人に尋ね忘れている。保存性と会話内での優先度が低すぎる故の喜劇だ。

「というか、君達はさあ……」

言葉尻を濁す。後頭部を掻いて自制した。

三週間だ。単純に、僕とマユが登校して家を空ける十五日間、彼らは自身の境遇を叫ぶ機会があった。このマンションの設計思想を聞いてみれば、確かに防音対策は成されている。けど、マユが奇声をあげる寝室とは違い、和室の位置はマンションの隣室と壁一つ隔てているだけだ。つまり、この状況を打破することなど、指一本動かさずに成し遂げることが出来たのだ。柱と彼らの足首を繋ぐ、金属の枷は行動を遮る職務を遂行せずただのファッションに成り、下がっているのか上がっているのか。

そんな彼らは、今も大人しく現状に甘んじている。

僕自身、彼らがそんな行動に出ないと根拠なく判断して、対策も施さなかったけれど。

理解に苦しむ誘拐事件だ。いや、誘拐犯の頭の中なんて、理解の余地があるはずもないか。

「あの、君達はなんでしょうか？」

浩太君の問いかけに対して適当に手を振って、「何でもないよ」と打ち切った。

「とにかく、犯罪は裁かれるもの。それは絶対だ」

犯罪と認められたら、の話だけど。

認めさせなければいい、誰にも。

それが出来なければ、公的に、或いは私憤の下に、罰せられる。

丁度、八年前の時のように。

「……………………」

大雑把に計算して七万時間以上は経過しているのに、監禁生活の端から端まで、一切の記憶に劣化はない。

あの時より酷い状況はきっと幾らでも存在するだろうけど、あの時より惨めな気分は生涯味わえない。

ああ、トラウマ除去装置を取りに宇宙の彼方《かなた》へでも飛び立ちたい。

「ねえねえ」

杏子ちゃんが、友達に接するように声をかけてきた。トラウマを宇宙の彼方へ飛ばした方が合理的なことに気付いてから、杏子ちゃんと向き合う。

「あのおねえちゃんを一人にしていいの？」

今は穴も塞がった、僕の中指の付け根を指さしてきた。

「いいとは言い難い」

意見を聞き入れられない腹いせに、上沼先生に暴行を加える可能性。マンションのエレベーターの階数を押す際に危惧した。上沼先生は生徒の進路にも、イジメ問題にも事なかれ主義を貫く駄目教師だけど、自身が傷害事件の被害者になれば、声を張り上げて訴えるだろう。そういう人だ。まあ二、三発なら殴っても合法だろうと錯覚するぐらい、人の神経を逆撫《さかな》でする大人ということ。

「でも大丈夫だよ。ある程度は、ね」

たとえ暴力沙汰を引き起こそうと、彼女が精神を病んでいるという事実は武器になる。入院覚悟だけど、最悪、それも厭わない。マユを止める人間が側にいれば、独りで生きることが出来なくても何とかなる。

杏子ちゃんが、人差し指をピッと立てた。

「あとね、もう一個」

「お、名探偵風味」

僕の茶化しに疑問符を発しながらも、杏子ちゃんは言った。

「昨日の夜、何処に行ってたの？」

眼球が内側より圧迫された。一瞬、視界が濃霧に包まれる。

「それから、何日か前も外に出てったって、こーたが言ってた」

ぎぎ、と老朽化の進んだ監視カメラのようにぎこちなく首を振った。浩太君は不可思議ですといった様子に眉根を寄せている。

「ああ、ちょっと近所のコンビニへ」

虫除《むしよ》けに扇風機が回っているコンビニへ、片道三十分かけて。

「コンビニでね、夜食の弁当を買って食べてた。育ち盛りだから三十分に一回は食事するんだ」

更にごまかすために、即興で思いついた話を口にした。

「バカと言った奴がバカである。これを正しいとしよう。けどそれは、バカと言われた奴がバカではないということを証明してはいないんだ。つまり、バカと言われたバカがバカとバカに言い返すという、バカ祭りの状況を形作っているわけだ」

舌を噛みそうになりながらも淀みなく言い終えた。脈絡のないバカ談義によって、二人の団栗眼《どんぐりまなこ》を毬栗眼《いがぐりまなこ》にして怪訝な視線を尚更《なおさら》、頂戴した。胡散臭《うさんくさ》さを助長してどうする。

「……じゃ、僕はこの辺で」

そそくさと席を立とうとした。が、杏子ちゃんが飛びかかるように身体を伸ばし、制服の裾を摑んできた。

「あやしい」

そう言って、悪戯っぽく笑う。年相応の笑顔は、マユに通ずる雰囲気がある。

「全然怪しくないっす。妖しくもねえっす。僕はね、自治会の会長の孫の同級生の部活仲間の友達だから、夜な夜な殺人犯を追いつめるべく巡回に当たってたんだ、嘘じゃない」

「……おにいさんの嘘って分かりやすいですね」

誘拐犯の片割れとじゃれ合う杏子ちゃんを、一層伸びた髪の奥から、微笑ましそうに観賞する浩太君。大切な妹に、僕が悪意を伴う行為に及ぶとは微塵も考えが及んでいないのだろうか。心に沈着していた毒気が抜かれそうだった。

無垢《むく》な信頼は、日焼けしすぎた肌に触れられるかのように心を苛む。

「ねえ、名前は？」

杏子ちゃんが、興味津々とはまるで縁のない素面《しらふ》でQしてきた。

「あー……僕の？」

「他に誰がいるのよ」

「誰かいないかなー……」

一応、淡い期待に縋って探してみた。体内の寄生虫が『名乗らしていただこう』とか紳士に助け船を出してくれたりしないかな。

「名前言うだけなのに、なにしてんの？」

Aする人が渋っているので、杏子ちゃんが急《せ》かしてくる。『ひ・み・つ』とか、殴られそうだったので、仕方なく正直者になってみた。

「あまり好きじゃないんだ、名前。似つかわしくないし、呼ぶのも呼ばれるのも恥ずかしいんだ。だからあんまり教えたくない、ごめんね」

毎日、湯で洗浄したためか多少はべとつきの減退した髪に手の平を載せる。浩太君が「あんず」と呼びかけ、杏子ちゃんは「分かってる」と煙ったそうに返す。「別に、すごく知りたかったわけじゃないし」と未練なく引き下がってくれたのでありがたかった。

一息つく。後ろ手を突き、天井を見上げた。

「……旅行鞄でも引っ張り出して、準備しないと」

そういえば、旅行中は、この子達の処置をどうするか。足枷でも外してしまうか。

食料さえ買い込んでおけば、来客には出ないように忠告して好き勝手暮らして……いやだから、ちょっと待て。もう僕は認めてるのか。それでいいのか。

既に誘拐ではなくホームステイになっている、と。

「……うーむ」

全てが思惑から外れる。

それはそれで愉快なんだけどなあ。

それから三十分ぐらい後に、家主の帰宅に伴う効果音が相次いで鳴り出した。

丁度僕が、杏子ちゃんと頬を摑んで引っ張り合いながら、深遠な哲理について熟慮していた頃。

ドスドスと、床を踏み抜く気概さえ伝わってくる足音を引っ提げて、僕の背中まで到着した。

「おひゃえり、まーひゃん」

振り向くと、少しは零れろよと思うぐらいマユは笑っていない。

子供みたいに頬を膨らませることもなく、眠っている時と同様の彫刻面だった。

マユの脳天気な声は室内に響かず、僕は首根っこを摑まれる。そしてそのまま頰を摑む杏子ちゃんごと引っ張られた。不意の行動に反応しきれず、敷居で頭をしたたかに打つ。ついでに杏子ちゃんも僕の胴体目がけて倒れ込んだ。肘が鳩尾《みぞおち》にめり込み、空気が肺から強制撤去される。

「あ、だ、大丈夫？」

杏子ちゃんが頰から手を離し、心配げに気遣ってくれる。それに対し親指を立てて無事を示そうとしたら人差し指を起立させてしまい、全く大丈夫じゃない状態を顕示してしまった。不本意ながら口頭で「大丈夫」と告げた。

「ぐ、自分で歩くから離してけれ」

冗談めいた懇願は無視されて、そのまま屋内引きずりの刑。段差で尻を打ち、襖に肘を打ち付けた。部屋を去り際、妙に名残惜しそうにしている杏子ちゃんと目線がかち合ったけど、かける言葉は僕の語彙になかった。

リビングのテーブル付近で解放される。襟元を正しながら、仏頂面のマユを座らせた。

「なに怒ってるの」

分かりきっているのに、愚鈍を装ってみた。対するマユの返事はこうだった。

「なんで駄目なのか、全然分かんない」

言い終えると同時に鞄を放り投げた。鞄は丁度、電話の子機が置かれた棚に激突し、その衝撃で隣に飾ってあった硝子の球状の置物が飛び降り自壊し、見事に半壊した。

「そりゃ、班分けは一ヶ月も前に決まってたからね」

憤るマユと正面で向き合う。

「担任を叩いたりはしなかった？」

「一ヶ月……。そうだよ、みーくんがもっと早くわたしのとこに来てくれてたら良かったんだよ！」

質問を無視して、理不尽な怒りを撒き散らしてきた。

……反論する気にもなれない。

「ごめん」と、頭を下げた。頭なんて、下げる考えるぶつける食べさせる程度にしか使用出来る用途がない。機会があれば使っておくに限る。マユがそんなことで得心するはずもないけど。

ただこれ以上、不毛な話題を続けると気が滅入《めい》りそうなので、間が悪いことを承知で話を切り換えてみる。

「明日は出かけてくるよ」

「わたしも行く」

理由も、場所も、目的も問わず、ただ僕に付いてくる。

そんな行動に、どんな価値があるというのか。

「一人で行く場所なんだ、まーちゃんは連れていけない」

針の視線が僕を穿《うが》つ。けれどマユを連れていくことは不可能だ。詳細を包み隠さず報告することも、平和な毎日のために出来るはずがない。警察の人と会うことを告げれば不安を煽るだけだし、年上のお姉さんと逢瀬《おうせ》を楽しんでくるなんて知られたらこの場で晒《さら》し首《くび》だ。

「一度、叔父さんの家へ帰るんだ。それがまーちゃんと一緒に暮らすための約束だからね。夜までには戻ってくるよ」

一つ嘘だけど。

「なんでわたしが一緒に行くのは駄目なの？」

ぶすう、と頰をむくれさせる。僅かに怒りを軟化させた証《あかし》だ。

「喧嘩になるから。叔母さんは僕がここで暮らしていくことに反対してるから。叔父さんも、表面上は理解者ぶってるけど本当は反対派だし」

これは本当だ。未来視の能力が不要なほど、確定事項だ。生涯対面させたくない。

マユを膝元に抱き寄せる。抵抗なく腕の中に収まったマユの髪を慈しむ。そして一本の茶髪を指で摘み、弄ぶ。

「修学旅行さ、同じ部屋には泊まれないけど、一緒に遊んだりは出来るから」

他に行動を共にするような人もいないし。ふははは。

……笑えねえって。

「一緒に暮らしてるんだから、我慢、出来ない？」

背中を軽く、赤ん坊をあやすように叩く。冬服の出番が訪れてようやく、長袖の服装でも汗をかかなくなったマユの匂いを鼻先で嗅ぐ。お香代わりに焚《た》いても問題ない香りだ。

「……うん。我慢してあげる」

ワガママ少女の最大限の譲歩だった。

ぎゅっと、僕の肩に顔を埋《うず》め、肩胛骨《けんこうこつ》あたりに手を回してくる。

そうして、暫く無言で抱き合っていた。

十分ぐらいは、そのままだった。

「……よし、じゃあ掃除でもしようか」

美化委員の意識が硝子の後始末を主張していた。マユを床に置いて立ち上がろうとすると、

「わたしがやる」

「いや、危ないから僕がやるよ」

「いいの！　みーくんは寝てなさい！」

綺麗好きなのに掃除と整頓を嫌うマユお嬢様が意気揚々と、キッチンへ小走りに向かっていった。途中で転けたか、壁に肘でも打ったか鈍い音がして、その数秒後には舞い戻ってきた。

手には、竹の長箸と皿。その箸で、ガラスの破片を拾い始めた。

遠近感のないマユは、大きめの破片を拾い上げるにも二度手間を要していた。

「手伝おうか？」

「にゃー！」

威嚇されたので、直接拾わないように、とだけ注意をしておいた。

そして、その場で大の字に寝転んだ。

木造の床は硬く、冷気を帯びていた。

妙に心地良い。
安っぽい電灯の取り付けられた天井を眺めながら、思いは巡った。
嘘をついたことを考え、
上社奈月との邂逅《かいこう》を夢想し、
殺人の犠牲者について想うところを探し、
全てを追い出すように、瞼を下ろした。
背中に残留していたマユの手の温《ぬく》もりは、床の冷温に飲み込まれた。

そして、日曜日。

本日は豪雨なり。

見事な土砂降りだった。

昼過ぎからは晴れ模様になると予報していたが、予報者本人も懐疑的な物腰だった。

「ねえ、今日行かなくても、いいじゃん」

珍しく九時半前に早起きしたマユは、窓からの景色を一瞥して、そう提案した。

「……いや、旅行に行く前に一回ぐらいはね」

やんわりと断り、身支度を整えた。

マユは、神妙な表情で佇んでいた。

指定されたデパートまで徒歩で四十分強の移動時間が見込まれるために、十時を回り始めた頃にはマンションを出る必要があった。マユから黒色の折り畳み傘を借り、玄関へ向かった。

「あ、ちょっと待って」

汚れの目立つ靴を履こうとした僕に、マユが待ったをかけてきた。

そして握っていた口紅を唇に塗りたくる。

首を傾げる僕を余所《よそ》に、ルージュを塗り終えたマユが頬に吸い付いてきた。

ぎゅうう、と皮膚が剝がれそうなぐらい。

「ちょ、痛いって」

マユが唇を離す。そして吸い付いた部分を一瞥し、満足げに微笑む。

「拭いちゃ駄目だよ」

「……涎も？」「だーめ」

僕の手を払い、手鏡を向けた。

マユの唇よりやや厚めのキスマークが、頰にペイントされていた。

ついでに、頬肉を伝って顎先に届いた涎も鏡は映している。

「……行ってきます」

「はいはーい」

世間に恥を晒すことを強要されながら、部屋を出た。


駅前にあるデパートには、十時四十五分過ぎに到着した。道路は水位が測れるほどの水溜《みずた》まりを形成し、一歩踏み出した時点で靴下の爪先まで浸水していた。しかしデパートといっても、田舎の臭いが染みついた建造物である。都会のビルが横に並べば苛められっ子のように萎縮してしまう程度の全長でしかない。

そんなデパートではあるけど、設置された雨避《あまよ》けの屋根の下には老若男女問わず人がわらわらと棲息《せいそく》し、集っていることに驚いた。

傘の水切りを行ってから閉じて畳み、自動ドアをくぐり抜ける。陽気な楽曲に、天候と断絶した照明の輝き、それと甘ったるい匂いが出迎えてくれた。

入り口で傘にビニール袋を被せて、それから案内が記されたボードの前に立った。周囲を見渡す。そこで、甘い匂いの発生源を知った。小麦または他のでんぷんを水で練ってイーストを加えて醗酵《はっこう》させて工夫をこらして焼いた食料品を商品として販売する店、三文字に簡略化すればパン屋があった。どうやら、一階に食料品の売り場が設置されているらしい。

　そして、そのパン屋にいる奇妙な客に、視線が固定された。

　黙々と試食をする、人目を惹《ひ》くか退《ひ》く、どちらかに確実に追い込む格好の女性。白黒の線が合計五本程度横縞《よこじま》に入ったボーダーの長袖シャツ。下も同様のデザインのスカート。シャツのサイズがかなり大きく、右の肩がはだけて下着の紐がチラっている。それに加えて注視を促す、白にも取れる薄い金髪は後頭部に、時代錯誤にかんざしで纏められていた。

　その女性はホウレン草を練り込んだ緑色のパンがお気に召しているらしい。決してトレイに載せてレジで金銭を消費することなく、試食用の一口パンを次々に消失させていく。その勢いは、商品を誤って口に入れても、誰も異議を挟むことが出来ないほどだった。

　おろおろと周囲の善意者に助けを請う店員に同情しながら目を逸らそうとした刹那、
　ぐわ、とその女性が僕の方へ振り向いた。

　膨らんでいた頬の中身を胃に一方通行させて、シェイプアップを図った。

その人は、立てかけてあった黄色の傘を掴み、ハンドバッグを振って軽い足取りで接近してくる。青い運動靴は、雨中間の移動による湿りを苦にせず、床との摩擦音も一切立てない。

「あ、どうも。上社奈月です」

僕の前に立ち、柔和な笑顔で頭を下げてきた。みーさんの容姿は調査済みらしい。当然か。

「あ、どうもみーです」

囚人服に似たお召し物を着用している刑事さんに、とにかく挨拶を返した。

そして不躾《ぶしつけ》にその容姿を観賞する。

僕の待ち人は格好も異質だけど、何より異様なのは顔立ちだった。

小鼻とか、目が細く、線になって光沢が稀薄《きはく》とか、そういう細々としたことより、だ。

若すぎる。

どう贔屓目《ひいきめ》を駆使しても僕らと同年代にしか見えない。化粧魔術か、恋日先生が留年の達人か、特殊な呼吸法による細胞の活性化か。

「顔、何か足りないものでもあります？」

目にかかる前髪を直しながら、奈月さんが試すように問いかけてきた。

「そうですね……芸術性が足りませんね。もっとこう、アバンギャルドな要素が欲しい」

「アーティストな意見ですね。流石、恥ずかしげもなく頬にキスマーク付けて歩ける人種さんです」

「ああこれですか、職業病です」

奈月さんの視線から守るように、頬に指先を触れさせた。義理も人情もからっきしの三級品である僕が、それを消去するという行動には踏み切らなかった。理由を聞かれても、そんなものはない。強いて挙げるなら、なんちゃらうえおってやつだ。嘘だけど。

「刑事さんこそ、試食どころか商品の棚にあるパンを無銭飲食するなんて、職権を勘違いしているとしか思えない蛮勇でしたよ」

奈月さんの笑いは崩れない。悲しそうに、目を伏せがちに笑う。

「今朝はみーさんが来てくれるか心配で心配で、ご飯が喉を通らなかったんですよ」

「それでパン食ですか、合理的ですね」

「あら、お上手ですね」

うふふふ、と某国民的アニメの主婦が番組の最後に用いる笑いを浮かべた。今にも順序を無視してジャンケンポンとかやり始めそうだ。

話を中断して、奈月さんと連れ添い、パン売り場からの恨みがましい視線は無視してエスカレーターへ。恥かきついでに告白すればこのデパート内は初見だったので、奈月さんの自信に溢れた足取りに行き先の舵取り《かじと》は一任した。

特に言葉を交わさず三階に到着し、待ち合わせ場所に指定した喫茶店へ並んで入店した。白を基調とした内装は、窓から覗ける空模様と相まって、モノクロの世界観を演出していた。

「本当に喫茶店なんかあったんですね」

さらりと、自身の無計画性を漏らした奈月さん。天然なのか、冗談なのか判別しづらい。

傘を置き場に差してから、奥の席へ向かう。僕もそれに続き、焦げ茶色の椅子を引いて、腰を下ろした。

「こういう休日も悪くないですよね。同級生が無駄に尊大で熱血な部長と共に、塩とか精製出来そうなぐらい汗水垂らして部活動してる一方で綺麗な女性とデートなんて」

勝ったぞ金子。ああでもあいつ、菅原達と一緒に部活勧誘する際に、更衣室が覗けるとかいう惹句《じやっく》で新入生を釣ってたな。それが本当なら、この綺麗な年上か怪しいお姉さんとデートしても、役得があるとは考え辛いから痛み分けかも。

「あらあら、私にそんな甘言を口にしていると、恋日が怒りますよ」

「先生が？」

僕の疑問と奈月さんの返答がキャッチボールし終える前に、水とお絞りを店員が運んできた。僕の頬に業務上の過程で付着した唇型の口紅を微妙な表情で一瞥しながらも、伝票を構えるまでには営業用スマイルを浮かべる職業意識の高さに好感を覚えた。

「僕はココアを。上社さんは、」

「いえいえ、脳内表記と同じ馴《な》れ馴《な》れしい呼び方で結構ですよ」

「ではお言葉に甘えて。ご注文はどうしますジェロニモさん」

ジェロニモさんは上品に口元を手で覆う。

「カツカレー一人前お願いします」

あれ？　パン屋で暴食してた人といつ入れ替わったんだ？

店員は笑顔を崩さずに注文を取り、厨房《ちゆうぼう》へ去っていった。

「ところで先生がどうかしたんですか？」

奈月さんは、控えめな笑顔を形作る。

「ああ、嫉妬しますよという話です。あいつはみーさんのことが昔から大のお気に入りですからね。懐かしき恋日の初恋は高校三年生、相手は中学生でした」

「小学生じゃなくてほっと一安心ですよ」

「けど凄かったのは、もう一人その子が好きな高校生がいて三角関係を形成していたことでしょうか。愉快な学校生活でした」

愉快というより奇怪だ。

奈月さんは水を一息で飲み干し、口元をお絞りで拭う。

「みーさんと私は若い者同士です。それなら、すべきことは一つです」

「その通りですね」

三十代の女性の日本語は少々理解不能だったけど、知ったかぶって同意してみた。

「みーさんのご趣味は？」

「恋の監視カメラを少々」

「まあ、奥ゆかしい方ですね」

上品に微笑む奈月さん。

「それと、深夜徘徊《はいかい》ですか？」

微笑みを崩さず、奈月さんは余裕のある態度で発言した。口ほどに物を言うはずの眼球は、瞼で覆われて窺い知ることを防いでいる。

「田舎のヤンキーですからね」

適当に答えた。

その瞬間、言質を取ったと言わんばかりに、勝ち誇った人差し指を突きつけられた。

「異議あり、ですよ。ここは法廷じゃないので、証拠はいりませんね。みーさん、嘘はいけません」

さてそれは、局所的か広義的、どちらで受け取ればいいんだろう。

思索に耽りたい僕の意識を引きずり出すような、奈月さんの言葉。

「みーさんは田舎のチンピラです」

「……流石刑事さん、よくご存じで」

参りました、と手を軽く上げて降参のポーズを取った。

「ではペナルティとして、本当の理由を話していただけますか？」

本当の理由ときたか。

水の入ったグラスを取り、口をつけながら、外の景色を横目で眺めた。

僕が真偽どちらを語ったところで、この人は信用するわけもない。

何せ、僕を殺人犯と疑っているような脳味噌の保有者だ。

この人が欲しているのは、真相の証言ではなく、虚言に生まれる挙動だ。

「分かりました。奈月さんにだけお話ししましょう」

「ジェロニモじゃなかったんですか？」

そう言いながらバッグからハッカパイプを取り出し、吸い始めた。

鳥肌が立つほど、僕にとって不快な臭いが漂う。

「あ、ハッカお嫌いなんですよね」

「ええとっても」

「ではしまいますね」とご丁寧に断りを入れて撤去する。

僕のどうでもいいことまで筒抜けですよ、という遠回しな牽制だろうか。

臭いが霧散するまで待ってから、口火を切った。

「深夜に徘徊する理由は、唯一《ただひと》つ。殺人鬼を捕まえるためです」

「あらあら、みーさんは正義の味方だったんですか」

「ええその通りです。週に五回は引っ越し野郎となって社会貢献していますよ」

不毛な切り返しを続行する。この手の人と生真面目に対話するなんて愚行は犯さない。

「かけられた嫌疑は自らの手で晴らすのが物語の主人公です」

主人公じゃないけどな。

奈月さんの睫毛《まつげ》が、微量、震えた。

「嫌疑？」

「奈月さん……失礼、ジェロニモさんが僕に向けている感情ですよ」

奈月さんの眉間に皺が寄り、それでも笑む。笑顔以外、表情パターンを用意していないらしい。喜怒哀楽を笑顔だけで表そうとするなら、顔面が年中通して筋肉痛になりそうだな。

「私が、ですか……あ、嫌ってはいませんので、疑惑にしておきましょう」

「そりゃどうも。僕も零号さんにお迎えしたい程度の感慨は抱いていますよ」

「感極まる想いをありがとうございます。それにしても、疑惑、ですか。なんのことでしょうねえ……」

言葉尻を濁して頰に手を這わせ、あどけなく首を傾げる。

疑惑じゃなくて確信ですよ、と心中で呟いていそうだなんてのは邪推というものか。

「分からない、ということにしておきましょうか」

椅子に座り直し、背もたれに自重を預ける。真っ正面の奈月さんは、線目で僕を観察していた。それと見つめ合う形になる。石にでもならないかなーと、念じながら凝視してみた。

「……あらら、いくらみーさんが田舎の穀潰しでも、逢瀬の相手にガン垂れるなんて……」

「ん、ああすいません。前髪の生え際を見ていたらつい熱中してしまって……」

奈月さんはいえいえ、と首を振り、「それも仕方ありませんね」と前口上を置いてから、

「警察をお嫌いなのも重々承知しています。なにせ、八年前の事件も結局、警察は捜索に行き詰まり、みーさんが解決なさったようなものですから」

胃の中で何かが暴れた。

コップを取り、唇に水をつけて暴徒鎮圧を試みる。

八年前ね。

そこから掘り出し始める気か。

「みーさんでしたよね？　警察に電話をなさったのは」

「そうでしたか？　時報にかけ間違えた記憶しかありませんね」

僕の台詞など雨音より気に留めず奈月さんが続けた。

「みーさんは勇敢でした。死体と怪我人《けがにん》が転がる中、冷静に逃げ出して通報したんですから。あ、そういえばその頃の記憶があやふやだと証言していましたけど……少しぐらいは整理出来ましたか？」

「整理しようにも、既に消失した記憶のページもあるみたいで、復元は不可能ですよ」

「誰がそこで殺害を行ったか、思い出せませんか？」

「ええ、さっぱり。自責の念に駆られて自害したなんて美しい理由じゃないでしょうか」

嘘だけど。そんな殊勝な行いと縁のない連中だってことは身に染みて理解している。

「そうですか……。そうですね、無理に思い出させるのはよろしくありません。御園マユちゃんが悪い前例です」

痛ましさを強調する声調で演技しながら、また嫌味にも程がある名詞を挙げてきた。ただ、別段に反応しなかったら、奈月さんもそれ以上マユについては言及せず流した。

「そういえば、先程の殺人犯についてですけど」

パッと標準の笑顔に舞い戻り、奈月さんは断言する。

「犯人は高校生です」

　学生じゃなくて高校生ときたか。

「どんな根拠に基づいてそれを？」

「そうですね……。まず、学生に括《くく》ったのは、定番の時間帯ですよ」

「ベタですね」

「九件の事件はいずれも、平日の深夜か休日の朝方、昼間、そして休日の夜です。最も殺害が行われる頻度の高い時間帯は休日の昼過ぎあたりですけど……分《わ》かり易《やす》すぎますね」

「学生を装った無職のおにいさんおねえさんという線は？」

　薄目を開け、肩を小刻みに揺らしてくる。人形の仕草だった。

「そうですね、それも疑うべきでしょう。けれど、そこまで思慮深い犯人なんでしょうか。何件も連続して学生を装って、警戒が厳しくなってもそれを変えず……装うことを考えるなら、継続する際のデメリットにも思いが行き届いておかしくないはずですけど」

「それもそうですね」

　どちらに同意しているかは自分でも不明瞭だ。

「死体損壊の頻度から、犯人に猟奇殺人の傾向があるのは明白です。ただ、全く解体が行われなかった被害者もいます。いい加減な性格なんでしょうか、犯人」

「さあ、僕には分かりかねますよ」

「思慮も思想もなく、生活の延長上に殺人を行う異端者。深く物事を考えていないのが明白なこの犯人は、当然時間帯には気を配りません。ただ自身の都合で、空いている時間に、それこそコンビニに行くついでにふとやってみました、という感覚の学生が私の予想する犯人像です」

僕の相づちは何処吹く風、独演会になってきたな。

しかもコンビニエンスストアを例と挙げますか。

根掘り葉掘り調べ尽くしたんだろうなあ、この人。男たるものストーカーの一人や二人いないとね、といった前向きな態度で受けとめるのが大物なのかな。

「ニュースは見ますか？　新聞でも構いませんけど」

話題移行への前振りに僕は頷いた。

「それなら、最新の二件の詳細もご存じですよね」

「詳細ってほど事細かに知っているわけじゃありませんけど、一応は。八人目は自治会の会長で、最新が受験ノイローゼの中学生でしたっけ」

僕の言葉に軽く顎を引き、それから数秒の間を空けてきた。

無言の空間を訝る僕の上っ面を、奈月さんの無遠慮な目つきが撫《な》で回《まわ》す。

「……何ですか？」

「疲れませんか、いつも無表情でいると」

「笑顔を崩さない方が重労働ですよ、きっと」

ここ数年、笑顔の記憶がない僕には。

本題に戻る。

「その二人の犠牲者で気になるのは、やっぱり時間帯です。二人が殺害された時刻はどちらも休日の深夜に限定されています。ですがそれまでの七件は全て平日の深夜か休日の朝方、昼間で、休日の深夜には行われていない」

名人の一手、四三香車《きようしや》。

駒を打つ幻聴まで拝聴してしまいそうな、追いつめられた雰囲気。

「勿論、空いた時間に行っているから偏りが見られる……それはつまり、二件を起こした一ヶ月間に、生活の状況が変わったということですよね？」

「質問系の語尾で締めくくられても返答に窮します」

失礼、と口の端に薄ら笑いを浮かべる対面の相手。

「こんな時期に新しい生活環境を迎えるなんて変わってますね、犯人」

まるで僕の名前が「犯人」であるような言い方だな。

奈月さんが文字紡ぎのための口を休める。店員が注文のココアを運輸してきたことに配慮しているらしい。自分の注文でないにも拘《かか》わらず店員に会釈をした。

置かれた白磁のカップを取り、縁に口をつける。

「ココアがお好きなんですよね」

店員が離れるのを見届けてから、発声を再開した。

「先生に聞いたんですか？」

「いいえ、みーさんの叔母様にです」

死角から予想外の人名が飛び出した。

「実はみーさんの叔父様と叔母様には面識があるんですよ。田舎の横社会の繋がりは面白いですね」

「…………………」

「みーさんのお話をよくされますよ。平日は夜勤が多くて、休日はみーさんが外出してることが多いから触れ合う機会が少ない、と嘆いていました」

「それは、僕も反省すべきですね……」

牧羊犬に柵へ追い込まれている気分を強制体験中。

けれど、手練手管の冴《さ》えた詐欺商売をやっている愉悦も、片隅にある。

「それと、夜中に家を空けるから深夜外出を止め辛い、とも仰っていましたね」

奈月さんの台詞が、十六ピースの安いパズルを埋めていく。

示される絵柄は明白なのに、焦《じ》らすように丁寧に。

「ああでも、一番の心配は彼女さんとの同棲でしょう。お相手の御園マユちゃんとは四六時中べったりしているそうで、独り身には羨ましい限りです」

最後の一ピースを手に取る。

「そんなマユちゃんの生活サイクルを是非お聞きしたいものです」

それで詰みですから。

この人の心は明確だ。常にさらけ出されている。実に不快だ。

乾いた口内を、発汗したように滑る舌で湿らせて、口を開いた。

「聞かなくても、もう十分でしょう」

外に目線を走らせる。目を逸らしたともいう。雨は既に小降りになっていた。

「そうですね、カレーが来る前にこの話は終わらせましょう」

奈月さんの光沢のない瞳が僕を中心に捉えきる。

　そうして、昼食より優先度の低い話題は終わりを迎えた。

「学生で、最近行動に制限が出来て、深夜徘徊が趣味……そしてみーさんは、高校生です」

「……なるほど」

　なるほど。

　僕が犯人だから、高校生ですか。

　効率的だ。

「くく……」

「うっくっくっくくくく」

　唐突に、そして同時に。

　僕と奈月さんは、声を包み隠さず、気持ち悪く笑った。

　僕は長く。

　奈月さんは短く。

　頬がひりつくほど笑い合い、隣のテーブルから客が退避した後に奈月さんが締めた。

「面白い探偵ごっこでした」

「ええ。痛くもない腹を探られて、危うく覚えのない罪を自供するところでしたよ」

心の内に溜まった愉快痛快を発散するべく、大げさに肩を揺すった。

この人との会話は、二人でババ抜きをやっているにも拘わらず、相手の手札だけが減っていくような不条理な感覚に苛まれる。

鬱陶しく紛らわしく賢《さか》しく、隠し味程度に楽しい。

笑う程度に、面白い。

慣れない笑い声をあげたからか、喉が渇きを訴えた。少し甘みの強いココアで喉を潤わせ、机上の空論並べの余韻に心を浸した。

そう、これはあくまで推理ごっこに過ぎない。

だって証拠ないし。

あったのなら、今日は私的でなく公的に警察署でご対面していただろう。そして机にあるものはココアではなくカツ丼だな、間違いない。

奈月さんの小鼻がひくついたので僕も鼻を利かせてみたら、店内の造りを無視した協調性のないカレーの匂いが漂ってきた。

「食事が終わったら庭でも歩きませんか？」

見合いじみた奈月さんのお誘いを、恭《うやうや》しくお受けした。

あんたの庭って鉄格子の中かい？　などと無粋な軽口は胸の内に留めた。

喫茶店を出た後は、聡明《そうめい》で（自称）美人な（これは認める）おねえさんにエスコートしてもらった。

「ここの大福美味しいんですよ」

「洋菓子はあっちです。フルーツゼリーの美味しい店があるんです」

「あ、赤福の試食やってますね、行きましょう」

奈月さんの庭は食品売り場だった。

で、一巡りして、和洋節操なく菓子類や冷凍食品を購入して、その後。

「恋日先生と一緒に暮らしてたんですか」

奢《おご》ってもらった大判焼きを手に、屋上のフェンス際に並んで立つ。

傘を喫茶店に置き忘れたけど雨はやんでいたので、取りに戻るのも面倒だった。

「ええ、大学に在学中。私も恋日も地方の大学を受けて、生活費と爛れた関係を考慮して二人暮らしを始めました。あ、爛れたといっても良い意味で、ですよ」

あるのかそんな意味。

手に吊り提げた袋から、奈月さんが二個目の大判焼きを取り出して頰張る。

目尻を垂らして幸せの原寸を噛みしめているようだった。

「よく私と、外で会う気になりましたね。マユちゃんと会わせるよりは、といったところですか？」

二口で大判焼きを食べ尽くして、おざなりな調子で質問してきた。

「ああ……えー、僕の取り合いになったら大変ですからね」

新鮮味のない理由しか思いつかなかった。

奈月さんの性格上、形式的にお気遣いして頂いてありがとうございますなんて言うかと思っていたら、何も語らず僕を見つめていた。赤色じゃない狐と未来の方からやってこない狸《たぬき》の化かし合いを、これ以上所望してはいないらしい。ならば僕も目的を達成するために、僅かな真実を振ろう。

「二人きりの時に聞きたいことがあったんです」

「なんですか？」

「失踪中の兄妹について。結局のところ、殺人事件に分類されてるんですか？」

警察のおねえさんに探りを入れてみた。

何となく、工場へ社会見学中の小学生みたいだと、既視感が脳に通りがかった。

「どうでしょうねえ」と首を捻る。流石に容疑者に情報提供はなしか、と思っていた

ら、

「実はですね、池田兄妹は家出の可能性があるんですよ」

「…………………………家出」

「相当、家庭環境が悪かったみたいです。朝方まで夫婦喧嘩して、そのとばっちりで二人も怒られたり叩かれたりしてたみたいなんです。それで、家出の常習犯だったみたいで、今回もそれなんじゃないかって。ちょっと期間が長すぎますけど」

「常習犯……」

その情報が、僕の怠惰な脳味噌を強制労働に駆り立てた。

家出。処理範囲。通り魔殺人。

家出処理範り魔殺人。……連携させてどうする。

それはともかくとして、今のアレ。

事態の鎮静化の方法。

最悪の手段で最良の結果を導く術《すべ》。

木陰の大事。木の存在や出所《でどころ》を隠すなら森を利用するに限る。

倫理と道徳のこだわりさえ外せば、答えは直線的に繋がっていく。

「既に一ヶ月以上経ってますから、安否は疑わしいですね。家出か殺人か誘拐、どれにしても」

「嘆かわしいですね」

定型句で受け答えに努めながら、思いついた方法を頭じゅうで転がす。責任転嫁、押しつけ、非人道的、駒扱い、人間失格。多角的に検討すれば、より多くの批判が増大するだろう。

しかし、それに追随して安心、簡単、手間いらずという三拍子揃《そろ》った評価も下されるはずだ。

「みーさんの立場からすると、やっぱり気になります？」

どういう意味で確認してるんだか。「イエスザッツライト」

「あら？」

僕の堪能な英語とは一切合切の因果関係はなく、甲高い電子音が五年前の流行歌を奏でた。

監獄内で大流行してるファッショナブルなデザインに酷似した、横縞柄のスカートのポケットから、奈月さんが青色の携帯電話を取り出す。

「もうこんな時間ですか」

少し思わせぶりだったので、僕も電話を手に取り、液晶のデジタル時計を見た。喫茶店を出てから一時間ほど経過して、十二時半過ぎだった。

「すいません、これから仕事なんです」

奈月さんは申し訳なさそうだった。仕事って、その格好で何処にお勤めなんだ。

「そうですか、実に名残惜しいですが仕方ありませんね」

「そこまで嬉しそうだと言った甲斐《かい》があるというものです」

「誤認逮捕されないように護送車に気を付けてください」

僕なりに精一杯の忠告をした。奈月さんも笑顔でそれを受け止める。うん、良い雰囲気。

「みーさんの電話番号　教えていただけますか」

僕は快諾して十一桁の数字の羅列の口上を述べたてた。

「はい、私の番号もどうぞ。……では、自首する際にはまず私にかけて懺悔《ざんげ》してくださいね、お待ちしてます」

優雅な物腰で一礼し、颯爽《さっそう》と去り行く。

が、くるりと回転椅子に腰かけているように反転し、同じ歩幅で同じ場所に足を着けて僕の傍らへ戻ってきた。

「これは個人的な行いなのですが」

「えっ？」

一瞬で懐に入り込みぐいっと、頭を抱え込まれた。自然と膝が折れる。

ふくよかとは言い難い胸部に、顔の表面が埋められる。

事前動作もない、無拍子のような体捌《たいさば》きに、僕は身じろぎも出来ない。

「んー、良い匂い……」

「……あの、殺人犯にこんなことしていいんですか」

「容疑者確保です」

心底楽しんでいるのが伝わる声だった。

と、鳥肌が、羽化してしまう。

そんな身体の拒絶意思に反して、奈月さんの背中に手が伸びていった。食べかけの大判焼きが衣服に触れないよう、気を遣いながら。

「……あら？」

「あ、そのですね、背中を刺されたら危ないですから……」

しどろもどろの理由付けに、「ありがとうございます」と返してきた。

緩く抱きしめた奈月さんの背中は骨の感触が目立つ。パンとカツカレーとフルーツゼリーと赤福と海老《えび》煎餅《せんべい》と烏骨鶏《うこっけい》の卵プリンと松前漬けと大判焼きを一時間以内に食べ尽くす人の身体とは結びつかない。

頭髪に指を入れられる。指先で梳きながら、爪で頭皮を軽く掻いてくる。鳥肌が地肌から飛び出そうだった。

「……あの、いつまで確保中ですか」

「取り調べ中です。それにみーさんもお離しになってくれませんし」

「これは、だからえーとー……」

くすくす、と口に出して奈月さんが笑った。それから、

「懐かしいですね」

「はい？」

奈月さんの手が頭部から離れた。僕の腕からするりと抜け出し、一歩距離を置く。

動揺を覆いきれない僕を後目《しりめ》に、奈月さんは口元を押さえ、悪戯っぽく肩を揺する。

「貴方、女の子に好かれる人ですよ」

そんな台詞を最後に、奈月さんは軽やかな足取りで今度こそ屋上を後にした。

「………………うーむ」

唸りながら姿勢を正してフェンスを向き、緑の目立つ景色を暫く見下ろした。

一分ぐらい経ってから、今更のように照れた。

首筋を人差し指で掻く。
何だ？　盗聴器でも付けたのか？　或いは発信器、それとも身体検査か？
とにかく帰ったら服は洗濯機に放り込んで風呂に入ろう。
うん、それが良いそうしよう。
照れ隠しお終《しま》い。
残った大判焼きを口に放り込んでから、振り向いた。
マユが立っていた。

僕の全てが見合わせたように停止した。

黒い傘、黒のセーター、黒のスカート、黒の厚底靴、黒い帽子、黒髪。
際立ち人目を惹く格好、そして蒼白《そうはく》の肌。
御園マユが立っていた。
僕かマユのどちらかが歩み寄り、距離を三十センチ程度に詰めた。

僕とマユのどちらかが口を開き、言葉を発した。

嘘つきと、どちらかが言った。

そう、僕は嘘つきだ。

スイッチが入った。

逆方向に、無理矢理。

「尾行してたの？」

何かが復旧した。これは僕の言葉だ。

マユは無言で、腕を振り上げる。平手ではなく、握り拳。殴る気なのだろう、と理解出来るほど緩慢な動作。僕に避ける気がないとでも思っているのか。口の中の物を嚙まずに喉を鳴らして飲み込む。

「まーちゃんは嘘つきだねえ」

殴られた。握り拳は僕の頰から前歯に当たり、皮膚を破った。

御園マユの手に、また傷が一つ増えた。

「探偵ごっこは楽しかった？」

再度殴られた。目深に被った帽子の奥の瞳は石みたいだった。

マユの握り拳には、赤色の血と、紅色のルージュ。消してはいけないものは、描き、命じた本人の手によって消去された。

「なに、あれ」

「あれ呼ばわりは駄目だよ目上の人を」

こめかみを傘で殴られた。

違うんだよまーちゃん、あれは君の罪を暴く人だよ。

だから浮気とかそんなもの関係ないんだよくだらねえ。

「なんで笑うの」

人間にそんな質問するなよ。

「わたしといる時は笑わないのに」

「……………………」

ああそうか。

嫉妬、してるのか。

そう嫉妬。僕が嫌いな感情。

懐かしいなあ。

あはははは。

笑ってみた。

殴られた。

抱きしめた。

突き飛ばすように僕の二の腕を押して、マユが距離を取った。

「あの女の臭いがする」

上社奈月の匂いを嗅いだことがあるっていうのか。

ああ、あるかもね。

「こんなのみーくんじゃない」

「……そう」

それだけで、

僕は、みーくんじゃないんですか。

優しくなければみーくんじゃなくて、

いつでもまーちゃんの相手をしていなければみーくんじゃなくて、

他の誰かと触れ合えばみーくんじゃなくて、

みーくんじゃなければ、僕じゃないってか。

「なるほど」

ぐるっと見渡す。

金網。
低いなあ。
きっと前例がないから、対策の立てようがないんだ。
ぐるっと首を捻ってマユを見た。
「これは君のためだったんだよ。君のことを××してるから、やむを得なかったんだよ」
うそだけど
うそダけどウソだけド宇素打気度ＵＳＯＤＡｋＥどう＄Ｏ岳土鷽堕ヶＤＯ羽礎駄家。
×××罰罰兎組抱け℃憂そう粗相そうそすそおすそすそデリート
デリートデリートデリート
スペースキー、ヘンカン。ヘンカン、ヘンカン、ヘンカン
うそだけど　鷽《うそ》だけど　ウソだけど　嘘だけど
あった。あったあたたあああたたたたたった
嘘だけど
「ばーか」

その通りだ。

「嘘つき」

その通りだ。

「死んじゃえ」

その通りだ

「えっ？」

金網に片足と手をかけ、それを軸にして飛び跳ねる。フェンスの最上部を摑み、身体を引っ張り上げた。

足を上部にかけると、世界は安定性を放棄した。

手で支えず、振り向く。

×しい

×しい

×しい

×しい

×しいまーちゃんが理解不能に目を見開いていた。

どうなると思う？

すぐに分かるから、まーちゃんは何も考えなくていいんだよ。

ただ、目撃すればいい。

目撃して幸せに生きてください。

息災と長寿とご冥福をお祈りします。

じゃあね。

「ばいばい」

誰かが何かを口にする前に、僕は境界を跳び越えた。

人生で最も枷の外れた時間の始まり。

頭から落下していく。

血の気が引いて、
空の音を聴いて、
それから、

あ、紐つけ忘れた。

僕は死んだ。

『十人目』

今回は犯人の都合によりお休みします。

三章　『ある異質なる不変』

『さむくなってきた』

『そうだね。外のきせつがかわってきてるのかな』

『ふゆになるの？』

『もう少ししたら、多分』

『クリスマスも、ここにいるの？』

『……うん』

『サンタさん、今年もきてくれるかな？』

『……ちょっとむずかしいかも』

『きてほしい』

『サンタさんに、なにをおねがいするの？』

『……いっぱいある。ぜんぶ、かなえてくれるかな？』

◆

懐かしい夢を見たせいで、センチメンタルが若干鼻を擦っていた。水面から顔を出すように、呼吸が蘇《よみがえ》る。指の先っぽまで感覚が行き渡った後、最後にざわざわとした音に気づいた。耳の側と裏でなにかがぐしゃぐしゃしている。ぞわっとして、ばちんと音が聞こえそうなくらい、はっきりと瞼を開いた。

白い指が、僕の耳を弄《いじ》っていた。

「あ、起きた」

「そりゃ……耳の穴に指突っ込まれたらね」

恋日《こいび》先生が手を引っ込めて、座り直す。退いた先には、真っ白い壁が見えた。

「ちっ、奥歯をガタガタ言わせるつもりだったのに」

冷めた物言いに、怒りが振りかけてあった。未体験の態度に、どう振る舞うべきか躊躇う。とにかく、寝たまま話をするのも失礼だろうと、起き上がってみることにした。

寝たきりだったためか、凝り固まっていた身体、取り分け背中が痛んだものの、問題なく上半身は曲がった。壁の色合いと消毒の匂いでここが病院だと知る。その、鼻腔をざわめかせる香りは別に不快じゃない。初めて病院の世話になる以前、遥《はる》かに醜悪な臭いを体験していたから。

窓から差し込む真昼の日差しに目を焼かれながら、身体をひとしきり観察する。輸血用の管も、仰々しく巻かれた包帯も見当たらない。

でもそれからすぐ、身体の下から匂いでも立ち込めるようにぶわっと、痛みが滲《にじ》み出《で》てきた。全身がくまなく丁寧に痛いなんて初めての状況なので、なにこれと混乱が走る。痛みが肌に絡みついて、手足が動かない。頭痛が身体のどこでも起きている状態だった。

ワッツ？と英語の自習の成果がすぐに出る。なんだっけこれ、と状況を整理して、ガンガン突き刺さる太陽光を見上げて目を焼きながら、ああ、と思い出した。

飛び降りたんだった。

そう、死ぬ予定で落ちてみた、のだけど。

気軽に飛び降りたぼくは、生きていた。

ここが天国でない限りは、生きている。

「……死んでないです、よね」

「そんなことになっていたら、アタシまで死んだことになるんだけど」

声に茨が巻き付いている。聞く側としては心地良くないけど、特に対処法が思いつかないので普段通りに接することにした。

「それは、困りますね……誰も死んでないのか」

僕も含めて。……うっそぉ、と振り返りそうになるけど背中も首も痛い。

「あの、どうやって生きてたんですか？」

あの高さから、と確認したら、先生の方が聞きたい、と言う顔になっていた。

「デパートの屋上から飛び降りて、空中で回転して水平に下りて、雨宿り用の屋根をぶち破って白目剝いて泡噴いて転がって、植え込みに落下。二重のクッションで助かった、のかねぇ。アタシに聞かれても困るね正直。どんだけ幸運なのか」

「……わーお」

無駄なところで日々、運を使っているのかもしれないと痛感する。

「体調は？」

髪をざっと搔《か》き上《あ》げながら、社交辞令のように尋ねてきた。

「全身バッキバキに痛いです」

「そりゃ結構」

「結構とは」

先生が僕の胸元を掴み上げた。

「君は一体何を考えているの？」

くだらないことが九割を占めています、と言える雰囲気ではない。場を凌《しの》げる言葉を探す。

「えー、何というか」

「殴っていい？」

充血した瞳が見据えてくる。僕は首を斜めに振った。

「なにそれ」

「個人的には殴られて当然とは思うんですけど、既にマユに殴られているのでこれ以上唇を切りたくはないなあと思ったり」

ぐだぐだ言っているうちに頬を叩かれた。

平手だった。

めちゃくちゃ痛かった。

未《いま》だ掴まれている胸元の手に引き寄せられ、がくがくと人形的に頭が揺れる。

そして先生が泣いた。

「はい？」

なんで？

頬が痺《しび》れてるのは僕なんだけど。

トゲでも生えてたのか？

粘り気の強い汗が膿《う》み出る。不快不可解。泣きながら顔を逸らさない。涙も拭かない。待っているのか。窺っているのか。沈黙が、苦痛だ。

「泣いて、ますよ？」

およそ人間らしさの不足した台詞が、僕の精一杯だった。

ビンタが往復してくるかと、せめて醜態を晒さないように身構える。

けど、先生の反応は違った。

自嘲に近い顔つきになり、首元の圧力を緩めてくる。

「私、泣いてる？」「いいえ」

咄嗟についた嘘は無視された。先生の指が頬をなぞる。感情の象徴である液体を拭き取り、確かめるようにそれを舐めた。

先生は喉を鳴らす。けど笑顔とは程遠い。

「やっぱり、失格」

「シッカク？」

　摑んでいた手が僕をそのまま押し飛ばした。受け身を取らず、斜めに倒れてベッドを軋ませる。すぐに体勢を戻しても展開に付いていけないだろうから、誰かに引き揚げられるのを待ってみることにした。血が集い出したのか額が重い。頬も痒《かゆ》い。

　先生の言葉の続きを待つ。どんな罵倒が飛び出すだろう。狼狽は避けられるように、今度は心を踏ん張らせる。ふくろうみたいな鳥の鳴き声が屋外から無料配送されて、意識の表面に出来たささくれを取り除いてくれる。

　準備が整う。

　しかし、焦らされる。

　三百、六百と秒数を計測し続け、頬を掻き、額に手をやり、先生は既に病室から去ったのかと疑い、けれど身体を持ち上げてそんなことの確認に目玉を労働させることも億劫《おっくう》だった。

　規則的な鳥の歌や、天井との睨めっこも飽きた。

　よって不本意ながら、僕から話しかけた。

「僕はどれぐらい寝てました？」

「バカがよ」

質問を丸ごと無視された。

「二日」

と思ったけど、悪態ついでに答えてくれた。

「殺人事件はありました？」

「社会の出来事をアタシに聞かれても困る」

そうでした。

「屋根の修繕費は？」

「御園《みその》が支払った。いいとこのお嬢様だからね、あの子」

「そのマユは？」

本命への返答には、若干のタイムラグがあった。

「寝てるんじゃないの、多分」

淡々とした返事は、予測から寸分違わなかった。

「マユは、普段通りでしょう？」

重々しく顎が引かれるのを、目玉を限界まで酷使して見届ける。

やっぱりねと納得がいく。

「壊死してますからね、大半の感情。一番癖のある妬みが残ってるから、人間らしさは最底辺で留まってますけど」

僕が飛び降りた程度で、彼女は罪悪感を取り戻さない。

きっと、死んでも。

「御園を怒らないの？」

「無い物ねだりはしませんよ」

マユに悲しさが残っていたら昔の時点で自殺を図っていただろう。

だから、これで良い。

最悪の中の最善だ。

「怒る資格、僕にはないと思うから」

「きみは関係ないでしょ」

「ありますよ……」

喉に砂が張り付いたようにざらつき、乾く。それでも口以外を働かせる気力はなく、思考の残骸を唾棄した。

「仕事、サボっていいんですか？」

「昼間からそんなことしてられっか」

こんな人でも社会人として生活を営める日本は度量があるのか大雑把なのか。

「つーか辞めた」「はぁ?」

言葉で身体をサルベージされた。脊髄君の指示に従って飛び起き、先生を見た。椅子の上で体育座りの姿勢を取り、足の指を観察していた。

「ちょ……えと、何故に?」

「向いてないスから」

バイトを辞める若者だって今はもう少し殊勝な態度を取るだろうと思うぐらいにぞんざいな態度。涙の乾いた頬は本来の役目を果たすように、シニカルに歪む。

「アタシは天職に就いていて、これ以外の仕事に従事することなんてないと思ってたの? 君にしては思い込みが激しいわね」

「いや、だって辞めたら先生が社会的に先生じゃなくなって、けど僕にとってはやっぱり先生ですから複雑怪奇なわけです」

「なるほど、複雑だ」と先生が苦笑する。椅子の上の足を伸ばし、僕のベッドに踵《かかと》を置いて橋を架けた。

「仕事をしてた時は一日が八時間に思えたのに、今は二十四時間をちゃんと生きてる感じ。もー最高、辞めた甲斐があるね」

「……取り敢えず、『ちゃんと』と『ちゃんこ』間違えてたりしてません?」

「ふん、変なとこでいい子なんだよなきみは。働かないと人間じゃないと思ってやがる」

そこまでは言ってませんけど。

僕と干支《えと》が一回り違う妙齢の女性は唇を尖らせ、子供じみた態度で不満を表す。ドンドンと駄々をこねるように踵をベッドに打ち付け、それが時折僕の臑《すね》を捉える。マユ化が進んでますねと嫌味の一つでも零したくなる所行だ。

「ちゃんと引き継ぎの先生はいるから、検診は心配しなくていいよ」

独自のリズムまで付けてバンドのドラム担当と勘違いしてるような踵落としを決めてくる。「はぁ」としか返せない。

「気のない返事ね」

「多分行きませんから……あ」

嘘をつけばよかったと後悔が過る。

意地の悪い元女医は失言を見逃さない。目を光らせ、いじめっ子へと変貌する。

「なんだなんだ、そんなにアタシが良いの？」

迫らないでほしい。

「診療に通ってたわけじゃないんで」

「ふーん、そっかそっか。アタシも、多少は医者としての意味を成せたわけだ」

にひひと歳不相応に笑う。悶《もだ》えるように足をばたつかせ、病院の規律を破壊する騒音を立てる。同室の人に迷惑でしょうとたしなめようとして、もぬけの殻であることに今更気付いた。

「医者になって良かったと辞めた後に思うとか、なんかどらーまてぃっく」

僕を辱めるためか、或いは本気か。先生はそんなことを言って、逆説的に医者をやっている間は良かったと思ったことなど何一つないことを伝えてくる。

自分にとってそうであると承知のうえでなのか、それとも。

「………………………………」

好奇心が心を跳ねさせる。詮索しないという理性を抑えて。

「なんで医者になったんですか？」

「お、ごまかしにかかってる」

「そうですから、付き合ってくださいよ」

「マジに聞きたいの？　ドラマでもドキュメンタリーでもないけど」

「歴史考証モノは嫌いじゃないので」

踵の昇降を停止し、先生が僕の顔を直視する。それから「ふむ」と一拍置いて、話し始めた。

「アタシの家は先祖代々医者畑だったから、自然と進路は決まってた。で、精神科医だけがいなかったからアタシがなればなんつーか階級制覇じゃん、とかときめいた。人として当然そう思うよね」

人間の定義に面倒くさいものを追加しないでほしい。

「正直なんでもよかった。仕事に夢や将来を託す気はなかったから。大体さ、アタシがどんなに頑張ったって何にも残せないじゃん。世界どころか日本のミジンコみたいな村に対しても影響を与えられるわけじゃないし。後は出来ることなんて、子孫を残すことだけど、アタシにはそれも叶わない」

結婚しないいんですか、と聞こうとして飲み込んだ。

「つまりアタシには、生きた意味がない。客観的に見るとの話ね。人生は個人だろみたいな考え方もあるけど、そーいうのは好きじゃない。認めるより認められる方が価値がある。人は人の中で生きてるんだからね。……ま、話が逸れたけど、そういう青臭い思想に基づいて、どんな仕事に就いても一緒だよなノリで精神科医の坂下《さかした》先生と相成りましたとさ」

めでたしめでたしはなかった。

……それでいいのか。まだ、終わったわけじゃないし。

先生は僕を引っ叩《ぱた》いた右手の平を見つめ、指の開閉を繰り返す。

「そんないい加減な志望動機にくわえて、手がね、出ちゃったわけだ。患者にビンタかましちゃった。で、アタシは恥知らずだけど恥曝《はじさら》しを続けるほどに孤高じゃないから、辞めました」

そう締めくくり、背筋を反らして椅子の背もたれに一層重心をかけ、天井を仰ぐ。

視聴者の声は求めていないようだ。僕も言うことはない。

「ねえ、治療ってなに？」

感情の稀薄な声が鼓膜を振動させた。

「……すいません、デジャビュが」

「聞いたよ、前にも。素敵に陳腐な四十点の解答が返ってきた」

あれ、僕の心の日記帳には百点を頂戴したと記載されているぞ。

後頭部に両手を重ねて当て、伸びをした後に先生が口を開く。

「身体の治療と心の治療。どちらが難しいかは知らないけど、どっちの方が曖昧かは一目瞭然。大体、心の治療ってなにって話よ。喜怒哀楽を正常化すること？　正常ってどういう定義？　じゃあ心を以前の状態に戻せばいい？　どういう配分で？　回復の手助けをして自主性に任せる？　本人にその気があるかも知らないのに？」

　矢継ぎ早に天井に疑問をぶつける。まさか僕への質問じゃないだろう、と傍観していたら踵を足首に投下してきた。しかも意見など言う暇を与えずに続きを紡ぐ。

「アタシのとこにいる入院患者は、まともな奴だっているよ。むしろ大半が普通。ちょっと無気力な人や、病的に規則を求める程度の、言ってみれば社会の何処にでもいそうな人達ばっかり。けど、それだけでも異端と見なされるのが世の常。疎まれて、それが嫌で自主入院する人だっている。……そんな中で、一割ぐらいかな、電波の送受信が完全に行われちゃってる人とか、妄想の世界に意識の基盤をシフトしてる人とか。例えば、御園のまーちゃんとか」

　僕の興味を惹くようにその名前を挙げてきた。当然釣られてしまう僕は先生を見るが、天井とのメンチ切りに忙しいお方なので目線はかち合わない。

「あいつが感じてる幸せの背景は不幸色。けどどんなに周囲が不幸でも、ピントを幸せだけに合わせれば幸福。どれだけ幸福に満たされているように見えても、それを彩る背景は不幸一色。さっきの話でいう主観と客観の差だろうけど、アタシから見れば不幸の塊の御園マユも、本人はみーくんが側にいれば幸せホクホクなんですって。こんなのがいればハッピーなんだから、あーら安上がり」

「……確かに安いですけどね」

こんなのは別段否定せずに相づちを打つ。本当にお気に入りなのだろうか。

「御園がもう一度入院して、改竄《かいざん》した記憶と健常から程遠い精神を立て直しても、不幸な過去を取り戻すだけ。それと向き合って目を逸らさずに幸せをもう一度見つけてくださいなんて、上から物事を見てる人間の言い草。耐えきれずに自殺を図る奴だっているんだから。真実から目を背けるな、なんて傲慢な人間の押しつけに過ぎない。アタシは認めないね」

研がれた声が意思を語る。

患者側にいるはずの僕の心には、少なくとも否定は生まれず、マユのことを思った。

先生はゆっくりと顔を下ろし、今度は自身の足の指先に目の焦点を合わせる。

「ウチの病院には鏡の中の自分と一日中お話しする人や、予知能力を持ってるって吹聴する妄想症の人もいるけどさ、アタシと比べてどっちが幸福かなんて分かりはしないのよ。アタシは具体性のある幸せなんて知らないけど、あの人達は知っているかもしれないし、体感しているのかもしれない。それは周囲に認められない幸せだけど、簡単に他人が奪えるものじゃない。だって、もし治ったからって幸福になれるとは限らないし、むしろ一度その状態にまでなった人は、周囲の評価がどうしても下がるから……とか悩んじゃってたのよね、ずっと」

苦悩は過去形で表現される。

けどそれは、円満解決をしたわけではなく。

「延々と悩んで、でも答えが出ないならアタシは逃げる。ヘタレだから。正直、このまま続けたらアタシの心も病みそうで怖い。自分で培い、行動の指針にしてきた真実が塗り替えられそうで、恐ろしい。向いてないから辞めるなんてのは言い訳で、結局のところそーいう理由なのかもね」

てゆーか、そういう理由。

そう言い終え、ようやく僕の顔を見た。

晴天の目が眩しい。奈月《なつき》さんと対《つい》を成すように瞳が光に満ちている。

それは、かつて入院した際に見た人達の目と酷似している。

統合失調症の人の目と、似ている。

何処で、彼らと彼女の目は評価の明暗を得ているのか。

乾いて皮がめくれている唇が蠢く。

「君は」

意図的に句切る。

「君は、御園と一緒にいると、幸せ？」

淡い靄《もや》を視界にかけながら、掠《かす》れた声が出た。

「はい」

僕は、嘘をついたのだろうか。

先生は何も言ってくれない。ダウトでも正解でもない。

無視するように、顔を逸らされた。

それはつまり、仮に僕が真実幸福の最中であったとしても、認められるモノではないと、いうことなのか。

「さてと。じゃ、アタシはそろそろ行くかな」

退き際を察したように踵を上げる。

そして振り下ろした足を軸に前転し、ベッドへ転がり込んできた。

脳味噌が疑問符で一杯になった。

そしてその群れを吐き出す前に、先生のぶちかましを頂戴して僕はベッドから転がり落ちた。「どーん」「うわぁー」なんて優しい表現の介入する余地はなかった。

距離にして一メートル未満の、寝台から床への落下は、屋上から飛び降りた時より痛かった。

転がる際に床へ落ちた先生の眼鏡をついでに拾い上げ、立ち上がる。

患者用のベッドは、健康そのものな元社会人に大の字で占拠されていた。

「……あのですね」

もっと遠くを目的地にしてください、と言葉を続ける気力が萎《しぼ》む。

先生は「いいじゃんかよ」と悪びれない。

喚《わめ》き立《た》てる気概も湧かず、溜め息一つを了承の合図として、今まで先生が座っていたパイプ椅子に、打ちつけて痛む尻を下ろした。右手にあった眼鏡を何気なく掛けると、眼球に鈍痛が走った。

「どーせ帰ってもやることないしー」

「再就職だな、とか笑顔で言ってみたらどうですか」

「なにそれ？　寝太郎は三年寝て六年頑張ったんでしょ。アタシは六年頑張ったから十二年休んでいいの、間違いないわね」

「例えも勘定も全て間違ってます」

シリアスな空気が換気されたことを受け入れ、額に垂れた髪を掻き上げる。先生の話と僕の答えを頭の中でこねくり回したかったけど、保留するしかない。

道化者が、似合わない状態で呼吸していた所為か、肩が凝っている。ほぐすために両肩を回しながら先生を見ると、夢の棺桶《かんおけ》に片足突っ込んでいた。本当に小マユ化しつつあるんじゃないかと危惧してしまう。

視線に反応したのか目を擦り、伸び伸びと欠伸する。

「ひょふひへば、君の叔父さんと叔母さんが怒りまくってたから、頑張ってね」

「あー……そうだよな、そうなるよな。頭痛い」

「それは困った、半分の優しさでも処方してあげようかね、アハハハハハハ！」

世界一幸せそうに馬鹿笑いする先生の影響を受けて、本当に頭が痛くなってきた。

「……先生、なんでここにいるんです？」

「君は見舞いという言葉と、行為を知らないのかしら？」

さも当然そうな先生の態度。が、患者のベッドで横になり欠伸をしながら行う見舞いなど僕は知らない。

「そういえば後で奈月も来るって言ってたわね」

「うぇ」

露骨にしかめ面をした。

そして先生は一目で分かるほど楽しそうに顔をほころばせた。

それから先生が本格的に寝息を立て始めて、独り思う。

生きていたからには。

「まだ死ねない」

息継ぎのように、上を向いて、その言葉を吐いては吸い込む。

今度こそ、死んだと思ったのに。

「また嘘だったよ」

僕は、生きていた。


そして翌日、簡単な検査と叔父夫婦主催の呪詛めいた説教視聴会に強制参加させられた後、右足を庇いながら現れたマユと再会した。聞くところによると先日、デパートの屋上から階段を下りる際、見事に段差を踏み外して挫《くじ》いたらしい。それを聞いて、申し訳ないような、どうでもいいような濁った気分を内在させながら病院を後にした。

バッキバキに痛んでいた身体も、ようやく動くくらいには回復した。

歩道には黄色の枯れ葉が積もっている。マユと暮らし始めた時の蒸し暑さも、水に浸るような冷涼の空気に取って代わっている。病院の夜の冷え込みは、気付いた時には少なからず驚かされた。

長かった今年の残暑もようやく退場だ。それは直に檻《おり》の中へ入ることになる僕の、成人するまでに迎えられる外の夏が終わったということだ。名残を惜しむわけじゃないけど、一度くらい思い切り深呼吸しておくべきだったかと、僅かに後悔に似たものが過った。

さて、感傷に浸るのはここまでにして、いつもの僕に戻ろう。

「酷いと思わない？」

「そうだねえ」

一字一句、全てを聞き漏らしているマユの愚痴に、適当に相づちを打つ。

「あの嘘つき、わたしの顔を見たらいきなり叩いてきたんだよ。やり返そうとしたらすぐに逃げるし。前から思ってたけどあの嘘つきは頭がおかしいよ。みーくんも会わない方が絶対いいよ」

「ふうん。……まーちゃんは、何か怒られるようなことをした覚えはないの？　なんか、生意気な態度を取っちゃったとか」

「全然」と、完全に否定する。

「そっか。じゃあ、まーちゃんは悪くないんだろうね」

落ち葉より薄っぺらで心ない同意。マユはそれでも、静かに顎を引いて嬉しがる。

元より予定はないけど、僕は子を持たない方がいいな。甘やかしすぎてワガママ極まりない馬鹿人間を世に誕生させることになる。そう痛感した。

「そういえば、修学旅行には行かなかったんだね」

先生についてマユに話をさせたくないので、話題を変える。クラスの皆が今頃、熊本のサービスエリアだの長崎のサービスエリアだので楽しくやっている旅行にマユは参加せず、ここにいる。誰のためか定かではないけど、僕がノーロープバンジーを敢行せずに旅行者の一員となっていたら、マユも来たのだろうか。

「だってみーくんが行かないから」

当然でしょ？　と暗に告げる確固とした言葉だった。

……必要とは、されているわけだ。

なら、今はいいか。

先生なら怒るのだろうけど。

「だから、今度二人で旅行に行きたいの」

「うん、そのうちね」

機会がないことは確定しているのに、平気な顔をして約束する。

面白味のない虚言だ。

現実味というものに溢れすぎた毎日を嘘で艶《あで》やかに彩るのがフィクションなのに。

落葉を踏んで歩く。

嘘を吐き出しながら、生き続ける。


マユの家に戻ってきた。

居間に入る。

そういえば、あの子達はどうしていたんだろう。干からびてないだろうな。

「まーちゃん、お昼ご飯作ってくれる？」

「うん、いいよー」

マユを台所に行かせて、早足で奥へ向かって襖をスライドさせた。

三日離れて、慣れが薄れたのか悪臭が鼻と目に染みる。

「あ……」

身を寄せ合っていた少年少女の合わせて四つ、無垢の光を湛《たた》える目が僕を見上げた。

救いを見るようなその眼差《まなざ》しに、たじろぎそうになる。

襖を摑んで身体を支え、目を背けたくなる衝動に抵抗して明るい声をあげる。

「いやー朝帰りどころか外泊までして奥さんに」「お帰りなさい！」

僕が襖を開ける勢いより強い挨拶をされた。

足枷を限界まで引っ張り、足下に二人が近寄ってくる。

「ねえ、どうしたの？　ちっとも部屋に来てくれなかったけど」

足首を摑む杏子《あんず》ちゃんはあと一押しで嗚咽《おえつ》を漏らしそうで、涙腺が危うい。や、止めろよう。おどおど。似合わないのでそれ以上は妄想しなかった。

「んー、部屋に来なかったというか、ここにいなかったんだな」

どうどう、と二人をなだめながらその場で腰を下ろす。そして尻を下ろすや否や、二人に飛びかかられた。一瞬、意識が切れた。

油断した？　このまま、首を……などと警戒した時点で、人間失格のそしりを免れない。

ただ抱きつかれただけだった。

正面から堂々と、二人は垢だらけの頰を胸に擦らせてくる。

「……………………」

この場面をぶち壊したくないから、言わないけどさ。

もの凄く、不快な臭い。

どぶ川に納豆を氾濫させたような、絶望的な臭い。

鳥肌だけは隠しようがない。

「どうかした？　嫌なことなんか……まぁ、いっぱいあるよな！」

「だ、だって出てっちゃったのかなって……」

照れ顔の杏子ちゃん。健全な妹を持った錯覚。

媚《こ》びるような上目遣いで僕を見上げる浩太《こうた》君。

「どこ、行ってたんですか？」

あの世のちょっと手前。

心の内で堰《せ》き止《と》めておいた。

「それはまた後で話すとして……」

好ましくない空気で深呼吸を実行して、肺を汚す。

さて。

「ご飯は貰えてた？」

「はい。普通に美味しくいただきました」

「なんかね、みーくんに怒られたくないし、ってぶつぶつ言ってた」

杏子ちゃんの声真似は似ていた。やはり精神年齢の近い者同士、波長が合うのかも。けど、僕って誰かを怒ったこと、あったか？

優しさや温情といったものを滅多に持たないけど、それに応じて負の感情も凍結している。怒ることも妬むことも無縁になっている。

普通の人が工芸品ならプラスチック製品に該当する自分が嫌いじゃなかったりする。

……ちゅーとはんぱだけどさ。

「ねえ、みーくんって、えっと……」

「うん、僕のことだよ」

杏子ちゃんが僕をこいつ呼ばわりせず、迷ってくれていたので助け船を出す。

杏子ちゃんは程良く軟化した表情で、「そっか、『み』がつくんだ」と納得してくれた。

「ふうん、みーくん……みーくん」

みーくんを舌の上で転がし、賞味している杏子ちゃんを眺めながら、一度深呼吸した。

「とにかくこれで、懸念は一つ消えたと」

残るは、もう一つ。

この空気の緩い誘拐事件に了を添えるための手段。

この子達を『何とか』して、事件を『どうにか』して、マユをただの女子高生にすること。

寝惚けていた頭のリハビリを兼ねて、一つ真剣に悩んでみる。

悩む。

思考の欠片《かけら》が溢れかえり、幻視を目撃しそうなほど頭を使う。

脳細胞が沸き立ちそうなほど、熱が額を中心に頭部へ集う。

その最中、デパートの屋上で辿り着いた解決法をふと思い返す。

家出と、殺人と、誘拐。

自由落下した際に手放していた閃きを手繰り寄せて、反芻し、二人を眺める。

「………………………………」

「あの、おにいさん？　眉間にすごく皺寄ってますよ」

人を物として利用するのは最上級に人でなしだと、大概は思うのかもしれない。

じゃあ、大切な誰かを助ける過程で他の誰かを道具扱いすることは、そんなに駄目なのか。

僕は自分のために、マユを最優先したい。

……だから僕は、この子達を、『使う』と決めたんだ。

肩と眉間を解放して、大きく、長く、濁った息を投棄する。

そうして、空になった体内に残ったのは、後ろ向きな決意。

失ってやる。

失わせるために、尽力してやる。

誘拐犯と誘拐された人間と殺した人間と殺された人間と殺していく人間を。


退院した翌日、有給休暇の身の上を活用し、朝から外出して所用をこなしてきた。その際に壁をよじ登ったり監視の目をくぐり抜けての人工物アスレチック、またの名を忍者ごっこする羽目になり、二度寝を要求する疲労困憊《ひろうこんぱい》の身体を引きずってマンションに帰還した。

部屋には物音一つない。マユは言うまでもなく、浩太君達も僕と深夜まで遊んでいたからまだ夢に浸っている。

テレビを点けてソファで横に倒れ、いつの間にか僕の意識も陥落された。

その最中、滅多に見ない夢で謎のババ様と話して自身の幸せを悟ったけど、昼に起きたら忘れた。

この日はそのまま、半日ぐらいしか活動しない理想的な休日を送った。

明日は本番なので、今日はこれでいい。

更に翌日。前日の睡眠過多が祟《たた》って、起床時から頭痛に苛められる。

今日は今年で一番忙しい日になるのに、身体が気怠い。

「……ま、平気か」

疲弊を心が感じないようにすればいい。腐った死体ではなく、泥人形になるということ。

簡単すぎて、反吐よりは涙が出そうだった。

だから（全く繋がってないけど）今日から再開される授業も、休むことにした。

起き抜けに、マユが惰眠を貪る寝室を物色する。机の引き出し、クローゼットのダンボール箱を総当たりで探索する。探偵志望の女性に一任したいほど、億劫な作業だ。

それから一時間ほどの家捜しで、お目当ての道具を発見した。足枷の鍵だ。それが玄関の下駄箱に置いてあった理由は、素人には推理不可能なので黙殺した。

鍵を確かめに浩太君達の部屋を訪れる。二人は既に起きて、手垢《てあか》を付けすぎた借り物の漫画を読んでいた。僕が入ってきたので、その手を休めて挨拶をする。

「おはよう、おにいちゃん」

「……ふうむ」

呼ばれても感慨はないものだ。

二人の前で屈み、浩太君の足に装飾されている手錠型の足枷に鍵を通す。鍵穴に綺麗に差し込まれ、一捻《ひとひね》り。手応えありだ。足首が枷から解放された。

本当にこれで、誘拐の被害者はこの場所に繋がれている要素がなくなった。

「え……あの、おにいさん？」

「今はまだ。けど夜には外すよ」

鍵をかけ直し、二人の顔を見なかったことにして、声を聞かなかったことにして部屋を出た。

カーテンの閉じられた寝室に行き、ベッドではなく床に座り込んでマユの目覚めを待った。

同日午後九時、僕とマユはベッドに寝そべっている。

マユは珍しくまだ意識を保ち、お互いにぐてーっとしている。

手持ちぶさたなので、マユの髪を指で掻き分け、耳を面に晒して耳たぶを摘んでみる。うわ、耳が微弱に羽ばたいた。

マユは未だに寝間着で、これから風呂に入って次の寝間着に着替えるのだろう。異常である故に成り立つ無垢な瞳を伴って、マユが僕に問いかけてきた。

「みーくんは年増が好きなの？」

モチロンさ！　と歯を光らせて親指を立ててほしいのか。

「あの嘘つきと仲良いもん。あんな頭のおかしい奴と仲が良いんだから、年増が好きってことぐらいしかまーちゃんは推理出来ません」

先生が聞いたら不殺の誓いを立てていても破る最悪の言い分だ。

「綺麗なお姉さんは好きだけど、熟女好きってわけじゃ……」

「早く歳取りたーい」

先生が聞いたら丑三《うしみ》つ時《どき》に神社の裏手を徘徊し出す願望を口走った。

「わたしはどうしてみーくんと同い年なのかなー。どうして若いのかなー、どうしてマユなのかなー、どうしてわたしなのかなー……？　わたしは、私？　んん、んんー？」

哲学な問いかけを童謡みたいに詠み上げていたマユが突然、眉根を寄せる。目が左に寄り、自分の内面を覗くように遠い目になる。険しく、細い目だ。問題が高度すぎてエラーが発生したのとは次元が異なるらしい。枕に横顔を突っ伏して、頬の肉が寄っていること以外は、無縁だった理性を感じさせる。

「むー……ぎー、がー！」

生真面目に奇声をあげている。た、叩けば直るかな。でも噛まれたらどうしよう。

腰を引かせながら、電波に苛まれるマユを見届ける。

マユは五分ぐらい、苦悩と奇声を撒き散らし、やがて憑《つ》き物《もの》が祓《はら》われたように動かなくなり、枕に顔を埋めた。ひょっとして、今のは一般に知られざる儀式の類ですか？

ぐるりと、四面をずらしたように顔を横に向け、マユが僕を見据えた。

「みーくん」

「なにかね」

「私ね、自分が嫌い」

抑揚の幅が狭い口調だった。教室の御園マユと二人きりのまーちゃんが混じり合ったような態度に、何故かざらついたものを感じる。

「……なんだよ、急に」

マユは意味と感情のない顔を作成する。

「分かんないけど、今そう思った」

「……ふうん。僕は好きだけどね」

自分か、マユか。どっちのことを指しているのか。はたまた、嘘か。

真意などどうでもよく、お茶を濁せればいい。

「なんで私が私を嫌いか、みーくんは知ってる？」

効果はなかった。マユの目が答えを求めて揺れる。

「さあ？　僕はまーちゃんのことが嫌いじゃないから」

大嘘の返事をした。マユはふうん、と生返事をして顔を逆方向へ反転させる。

髪が流れ、はだけた肩を薄く覆う。マユの肩は、腕と異なり傷痕が見当たらない。塩湖《えんこ》のように眩しく、冷たい印象を抱かせる白一色。指の腹で押せば、割れてしまいそうなほど。

マユを抱き寄せる。決して大柄ではない僕の腕の中に、小さな体軀は軽々と収まる。

「ねえ」と声をかけると、転がってこちらを向き、にへらと締まりのない笑い。

「なにきゃなー？　ちゅー？」

あ、戻ってる。丁度いい。

「まーちゃんは、僕のことが好き？」

マユは、微睡《まどろ》むように曖昧に微笑んで頷いた。

「みーくんのことが、だーいすきだよ」

「そっか。うん、そっか」

「みーくんはー？」

胸元で丸くなりながら、マユが尋ね返してきた。

そんなもの、考えるまでもない。

「好きだよ」

「えー、だいすきじゃないのー？」

「死ぬほど好きだよ」

「あー、わたしもー」

屈託なく微笑む。どちらかというとまーちゃんは、殺したくなるほど好きって感じだね。

「ねえみーきゅん」

降格か昇格か微妙なうえに、屈辱的な名称で呼ばれた。負けじと対抗する。

「なんだいまーたん」

言ってから羞恥に突き動かされて遺書の準備に取りかかりそうになった。

マユが僕に擦り寄る。同化でもする気なのか、身体を密着させてくる。鎖骨にかかる吐息がくすぐったい。

マユの唇が開かれるのを、肌で感じ取る。

「笑って」

「……んー」

「幸せなら、笑って」

「……な」

喉と脳味噌と胸を同時に締め上げられる。

御園マユが、幸せを尋ねてきた。

あの人から連鎖するように。

運命級の嫌がらせだ。

眼球が千切れ落ちそうなほど奥で引きつり、焦燥で焦げる。

窓の外の景色が、病室から覗いたものと混ざり、滲《にじ》んだ水彩画のような異世界へ変異する。

「わたしはー、こうしてるとすっごくほんわかして、みーくんの匂いがして、しあわせー」

間延びした語尾。目をしきりに瞬かせ、欠伸の涙を流す。マユの意識が夢と溶け合い、境界線を失っている。

「うー、なんか眠い……」

僕は、この子と過ごす時間に何を覚えていたんだろう。

「寝ちゃいなよ。やっぱまーちゃんは寝てる方がそれらしいよ」

与えられた感情らしきものを分別して吐露することは出来ない。

「でもー、まーちゃん子供じゃないから、夜更かしする……」

「そういうことを言っちゃうのが子供だと思うよ」

山積みにして放置してある、心を埋め尽くす想いのジャンクは喜怒哀楽のどれに際立っているというのか。

「むー、子供扱い……」

自分以外の誰が、それを識別することが出来るというのか。

「はい、夢の世界に旅立っておいで」

……分かる、今ならきっと分かるけど。

僕は、答えを出すことを、先送りにする。

どうせすぐ先に、牢獄《ろうごく》の時間が待っているんだ。

「ねー、にっこりしてよー」

「……ああ、うん」

鏡の前ではないから、成否は摑めない。

マユは目を開けず、そのまま意識を途絶えさせた。

幸も不幸もないような、当然の寝顔。

この状況を当然として、日常として受け入れていた。

「……さて」

睡眠薬をこの子に使うことは恐らく、今がただ一度の機会となるだろう。お茶に一服盛るという行為は他に類のない刺激があり、癖になる人がいても不思議じゃないというのが感想だ。

マユを転がしてシーツで簀巻《すま》きにする。白い春巻きに仕立て上げ、一仕事を終えてからベッドを下りる。

すぐには移動せず、彼女の寝顔を眺める。

ジッと見て、海馬に焼き付ける。

思い出になるように。

「……嘘つきでごめん」

もっとも心が籠められる挨拶を告げる。

部屋を出て、扉を閉じた。

薄暗いリビングを通過し、予告通り枷を取り外しに奥の部屋へ入る。

二人の、身体とは裏腹に汚れていない瞳が瞼を押し退けて大きく露出し、僕の行いに疑問をぶつけてくる。二人を自由にした後、立ち上がってからそれに独白めいた言い方で答えた。

「帰るんだよ、君達の家に」

そして、終わらせる。

まず、深い意味はないけど垢を洗い落としてもらうことにした。

「はい、バスタオル。君達の服は今洗濯してるから、風呂からあがったらこのシャツでも着て待ってて」

手早く、浩太君に着替えとタオルを渡す。二人は僕の行動に納得いかないのか、しきりに首を傾げている。

「あの、おにいさん。ぼくたち、えっと」

「なんだ、一緒に入るのが恥ずかしいとか？　兄妹は六歳から十二歳までは一緒に風呂へ入ることが許されるんだ。胸を張れ」

まくし立てるように早口で打ち切り、二人をバスルームへ向かわせる。振り向いて立ち止まろうとする二人の背中を押して風呂場に放り込み、「一時間以内によろしく」と告げて扉を閉めた。

「ちょっと！　話聞きなさいよ！」

「ことわる。頭を冷やしてからおいで」

「これ、お風呂ですよー！」

漫才をしている場合ではないというのに。

二人を浴場に閉じこめてから、玄関とリビングを繋ぐ短い廊下で座り込んでいた。

灯りは点けず、暗闇に尻を付け、黒い空間を吸い込む。それだけで、高ぶっていた心が静まる。煙草《たばこ》を吸うのは、こんな感じなのだろうか。

瞼の開閉を不規則に繰り返し、内側の闇と、周囲を取り巻く暗がりの僅かな差異を楽しむ。外より、瞼の裏側の方が黒色が濃い。それは当たり前のことかもしれなかったけど、自分を表すのに都合がいい気がした。

やがて目が慣れて、二つの闇が質を大きく違える。そうなると味気ないので目を閉じ、噛み尽くしたガムを吐き出すように外の世界を瞳から追い出した。

閉ざされた視覚を補うために、触感が内外問わず鋭敏になる。

床の冷たさ。空気の素っ気なさ。ひりつく喉。

「…………………」

回想が自動的に起動された。

ごくごく平凡な家庭に生まれた。家は田舎の土地持ちで無駄に敷地《しきち》が広い。酔っ払った父親がよく一緒に飲んでいた酔いどれ爺《じじい》を泊まらせに連れてきていたが部屋はいつだって余裕があった。二階建てで地下に部屋まである。そんな家での五人家族の暮らし。兄は二つ年上で子供の頃から髪を金色に染めていた。派手な外見ながら外では遊ばず本の虫で蔵書を収めた部屋に布団を置いていた。彼が食卓で本の内容以外の話をしたことはない。妹は四つ年下で僕たちとは母親が異なる。癇癪《かんしゃく》が酷かったために家族内でいつも煙たがられていた。お守《も》りはほとんど僕がこなしてその返事は暴力が大半だった。彼女に一度も笑顔を向けられたことはない。母親は二人。最初の母は僕を産んでから三年後に死んだ。理由は覚えていない。ただ顔が背中を向いて横たわっていた母親の姿を朧《おぼろげ》気に記憶している。腕と足の関節も不自然に追加されていたはずだ。それから二年後にお腹を大きくした女性が家で暮らすようになった。式も挙げずに婚姻だけした女性は三ヶ月後に妹を産んだ。兄は妹と妹の母親には一言も口を利かず段々と孤立していった。そして夏休みを控えた終業式の最中に体育館の天井から飛び降り自殺を果たした。葬式には僕と父しか参加しなかった。妹と妹の母親は気兼ねなく家で暮らし始めた。兄が死んだ時に五歳を迎えた妹は毎日外へ遊びに行って泥と土と擦り傷にまみれて帰ってきた。妹は山の動物を殺す遊びに熱中していた。そしてある日を境に帰ってこなかった。僕と妹の母親だけで供養した。そうして家には僕と父親と妹の母親だけになり、

八年後には、僕だけが残った。

「嘘だけど」

いつもの虚言です。この文章は全てフィクションです。如何《いか》なる現実とも関係御座

いませんことは明確です。真に受けないように。

「……嘘だけど」

嘘を正す嘘をつくのは、良い気分じゃない。

けど、嘘に出来ないことだってある。

たとえ本人が改竄し、でっち上げの真実を尊んでいたとしても。

当事者からすれば、ただの大嘘である。

例えば、彼女と僕。

「私ね、自分が嫌い」

口調を気持ち悪く真似てみた。本当に、気味が悪い。

「そうだろうね、御園マユ」

なにせ、自分が嫌いなものが、自分自身であるのだから。

御園マユは人殺しだ。

かつての誘拐事件を、犯人その他を殺人事件して解決したのがマユだ。

最初は、自分の両親。

誘拐犯のオヤジはどうしてあんな行いに出たのか。いや、それは誘拐という行動に踏み切ったところから、本人以外には理解不能なんだろう。ただ、僕は一つだけ、そんな犯人を見て理解したことがある。

人間が最高に物事を楽しんでる時の笑顔は、醜悪の一言に尽きるものだと。

一年近く監禁が続いていれば、人を傷つけることが前提の遊戯なんて一通りやり尽くしてしまう。飽きていたのかもしれない。で、皮肉にも犯人とマユのご両親は仲良しさんだった。感情が壊死寸前のマユをもっと遊び尽くすのに、丁度良い刺激剤になると、犯人は思ったんじゃないだろうか。

人の良いご両親を自宅に招き入れ、身柄を確保。そして、誘拐犯はマユに両親を殺すように強制した。そうしなければ、僕とマユの両方を殺すと脅して。久方ぶりに感情を高ぶらせたマユは当然のように泣いて嫌がった。その期待通りの反応に犯人は大層興奮していた。けど十秒で鬱陶しくなったのか、マユの腫れ上がった顔面を思い切り蹴り飛ばした挙げ句、用意していた肉切り包丁で太股を赤く切り裂いた。マユ本人より、両親の悲鳴の方が僕の耳には響いた。

復活してしまった感情は痛みの意味を思い出し、マユには犯人の指示を全うするしか保身の方法がなかった。そして、そのあたりで僕は目を覆い隠された。誘拐犯の妻の良心に基づいて。見ちゃ駄目だって。だけどその覆いは不完全で、指の隙間からその光景がうっすらと覗けてしまった。それを指摘する唇と歯は震えて、使い物にならなかった。

誘拐犯が、身体の部位を下劣な声で叫ぶ。そうすると、一拍置いて悲鳴と、鈍い音が重なって聞こえてくる。そして、目を覆わなければ心がどうにかなってしまいそうな、非現実な包丁の使われ方。それから目を逸らすことも、瞑る余裕さえも僕からは失《う》せていた。

僕まで叫び出しそうなぐらいに恐怖にかられて、だけどうるさかったらこっちも殺されてしまうかと思って、必死に堪えた。下唇が千切れそうなほど前歯を食い込ませて、両手で耳を塞いだ。それでも、響きが減っただけで音を完全に遮断することは出来なかった。唇から流れてくる血の味にも恐れを抱いた。

そして、複数の悲鳴と、最後に聞き慣れた醜く野太い声がして、音が一旦止《や》んだ。

全ての音が止んだ時、効果を果たせていない目の覆いが取れた先にあったものは、床に倒れ伏した誘拐犯ども、原形を留めていないマユの両親、そして液体を身体と包丁から滴らせた猫背のマユ、計五名の姿だった。

どうしてそんな景色が広がっているのか、僕は目で見て耳で聞き取っていたのに、理解することを心が頑《かたく》なに拒否した。

マユが、殺人という手段で事件を終わらせた。

それをマユは覚えていない。

僕に刃を向けたことも。

「……どうして死ななかったんだろうね、僕は」

僕は反則で生き残った。庇い、助けてもらったのだ。

誘拐犯の妻に、だ。

「……………………………………」

自分のために僕の身代わりとなった人。

自分のために僕を傷つけた人。

そして自分のために、自分を偽る人。

「みんなみんな、死にました」

僕の目の前で。

どいつもこいつも何かを噴き出して。

血とか涙とか心とか。

そして何事もなく僕は生きている。

めでたしめでたし。

「……………………………………」

活《い》かされ続けている。

他者の悪意に襲われ、別の人間に庇われ、呪われ、生き続けている。

何の価値もない生き方で。

僕はいつだって道化を演じようとする。

対話を茶化し、哲学をあざ笑う。

そうして、自分が現実を一つでも多く知り、世界を上位の視点から見下ろしているように、思わせようと躍起になっている。

余裕を傍らに控えさせているように、暗示をかける。

そんな生き方を、ずっと続けてきた。

一度でも、人に致命的な恐怖を抱いた時から。

「……怖いよ」

僕は人が怖い。

黒い部分に触れすぎて、同族に恐怖を抱いた。

当然、怖いものは嫌い。

だから僕は人が嫌いだし、自分も人である以上はその対象だけど、それじゃ生きていけない。

本当に嫌いであるなら、自殺を選ぶしかない。

じゃあ、どうするか。

人を好きになればいい……けど、なる前に、死ぬと思う。

だから嫌うという感情を凍結するしかない。

感情を永眠させてしまえばいい。

傷つけられることに負を覚えず、傷つけることに躊躇わない。

聖人君子であり、危険人物でもある存在。

たとえそれを周囲の健全な人間が、人と認めなくてもよかった。

異質に位置すると思わせられればよかった。

そういういきものに、なろうとした。

肩を抱く。震えを忘れた肩は、生物のパーツとしての職務を放棄しているようだ。

「……あー、ヒキコモリになりてー」

折った膝を抱えて後ろに重心をかけ、ダルマになって硬い床の上を転がる。

吐き気を催すほど水分を摂取して待つこととどちらが幸せに見えるか、誰か哲学的に教えてくれないものか。

洗い立ての靴を履かせ、湯上がりの二人を連れて外へ出た。

外は予想より寒気が覆っていた。待望の外に出た二人は異議を顔一杯に広げて、玄関の前で立《た》ち竦《すく》む。

「久しぶりの外はどう？」

白息を吐けそうな空気を吸い込みながら、僕は無理矢理に話を振った。

「いつの間にか冬っぽくなってます」

抑え気味に浩太君が答えた。確かに、夜に関してはもう、秋がなりを潜め始めている。

「ねえ」

杏子ちゃんが、僕の服の袖を引っ張る。反応すると、俯いていた顔が鼻を啜りながら僕を見上げた。

「ほんとに、帰らないとだめ？」

弱々しい質問。

縋るような懇願するような、そんな問いかけ。

浩太君も僕を見上げ、何かしらの期待を向けていた。

正直、困った。

「そんなに帰りたくない？」

杏子ちゃんは頷いた。

「あんな座敷牢《ざしきろう》みたいな部屋にいたい？」

杏子ちゃんはもう一度、頷いた。

更に困る僕。

その理由を知っているが故に、これ以上かける言葉がない。

だから、拒絶するしかない。

……また、思いを積み上げて。

「残念だけど」

僕は、頭を振った。

「帰らないと、駄目だ。あの部屋は君達の家じゃないんだ」

そして僕の家でもない。

意気消沈した二人の背中に手をやりながら、エレベーターへ足を向けた。

一階へ下り、寒々しいホールを抜けて、夜道に立つ。

大気の流動が活発なのか、見上げた夜空は雲が急速に流れていた。

寒さに身体を震わせ、そして意識を奮わせる。
さあ、行こう。
これを、最後の殺人にしよう。

『始まりの部屋』


取り逃がした。

初めての事態に、焦燥と歓喜がせめぎ合う。

行動を予《あらかじ》め測っていたように、二人は僕を確認もせずに逃亡を図った。

その背中を、僕は驚愕《きょうがく》と共に追撃した。

愉快で痛快な鬼ごっこ。

ごく小さいライトの明かりに浮かび上がる、二人の子供の青白い肌。二人は振り返りもせず、一目散に駆けている。僕を誘導している様子ではない。

今夜出てきたのが失敗か、それとも最良の経験を僕に与えるか、賭けを行いたくなった。

二人は神社に飛び込む。砂利を踏む音と、自身の呼吸音が静寂を破棄する。鬼ごっこより隠れんぼが好きな僕としては、そろそろその背中を捉えたい。しかし、周囲の警戒を怠らずに速く走るのは難しい。よって二人の足を止める方が現実的だ。ナイフを鞘《さや》から引き抜き、二人の腰辺りを狙って投擲した。境内に向かっていた少年の足下にナイフは飛びかかり、僅かに掠めて砂利に撥《は》ね飛《と》ばされる。けれど、それで充分。

切っ先に付けられた痛覚で少年が歩調を崩す。それを懸念した少女が少年を気にかけながら振り向こうとして、右足と左足を交差させて転倒した。手を繋いでいた少年の方も、体勢の崩れに加えて手を引っ張られ、受け身を取りながら砂利に倒れた。

その間に距離を詰めるのは容易だった。屈み、少年の足首を手で押さえながら、もう一振りのナイフを取り出し、振り上げ、そして少年達と対峙《たいじ》する。

少年は瞳を揺らしながら、視線を逸らすことはなかった。呻《うめ》きも、悲鳴もあげない。命乞いさえしない。恐怖で身が竦んでいる、という楽観的判断でいいのだろうか。身体を小刻みに震わせているのは寒気だというオチがあるかもしれない。僕は僅かに戸惑い、抑圧されていないにも拘わらず、少年の側から離れない少女に視線を移した。

どうして逃げない？　僕の問いに、少女は口を開かない。一文字に結んだ唇は僕との交流を拒絶していた。一体この子達は、何を考えているのだろう。

ナイフを振り下ろすことを躊躇う。

この二人は、兄妹だろうか。

そんなことを気にしてしまう。

兄妹じゃなかったとしても、仲のいい男の子と女の子……は、なんか、そう、なにか……なにかがあった。言語化できない、そのなにかとしか言いようのないものに、僕の心が引き寄せられる。

僕がずっと探しているものは案外、そのあたりにあるのだろうか。

思考は最後、必ずその場所に突き当たる。

赤い、階段に。

あ？　そういえば。

ひょっとして、前にニュースで見ていた行方不明の兄妹って。

答えを見つける直前、不意の悪寒に導かれて横へ転がる。

直後、風切り音を背後に聞いた。右腕を振り、ナイフで牽制を行いながら距離を取る。

咄嗟にライトを向け、前方を確かめる。その場で拾ってきたような長さ三十センチほどの木の棒を握って、今さっきまで僕が立っていた場所にそいつはいた。真っ白のパーカーに、脱色の進んだ青色のジーンズを穿いた全体的に色彩の薄い男だった。

「はーい、逃げて逃げて」

そいつは、苦い顔で交通整理の人みたいに棒を振り、二人を茂みの方向へ誘導して逃がした。僕は未練を感じながら二人を見逃し、灯りを消してそいつと対峙した。

そいつの目はお世辞にも澄んでいるとは言い難い。けどそいつの雰囲気、顔の作りと同調し、異質さは隠蔽されていた。……違うか、全部が異様だから、強調されていないだけだな。

「そちらの精鋭を出せ！」

表情を素面に戻し、なんか急に叫び出した。

なんだお前。

「腑抜《ふぬ》けばかりか！」

うるせぇやつだな。

そいつは棒を構えながらも、距離を詰めようとはしない。出方を測っているのか、或いは経験がないのか。どっちが腑抜けだ。

「まだ慌てる時間じゃないだろ、みーくん。そう睨むなよ」

口はよく動く奴だ。君が僕を呼び出したのか？

「……殺人鬼を呼ぶなら、もうちょっとこそこそするだろ普通」

不思議そうにしながら、手を振って否定した。……こいつじゃないのか？

「しかし、本当にひのきの棒で戦う日が来るとは」

そいつが肩を落として嘆く。向こうは明らかに喧嘩慣れしていなかった。どう動き、先手を取るべきかも分かっていない。だから僕から近づいてやった。そいつは顔色を変えることはないが、明らかに身体を緊張で強張らせる。

いざ尋常に勝負！

全部言われるとなにか癪《しゃく》なので、こっちから先に叫んでやった。

そいつが牽制に振った棒が僕の眼前を掠め、振り切られる瞬間に踏み込んで前へ出た。そいつの無防備な胴体に、ナイフを突き出す。鳩尾を狙った一撃は、そいつがその状態から肉離れを起こしそうなほど身体を捻り、脇を掠めるだけだった。そのままそいつは側転するように離れ、距離を取る。顔に恐れは一切ないけど、肩の上下が激しくなっていた。

また僕から距離を縮める。殺しはしない、戦意と行動を削ぐ。そいつは僕の攻撃を避けようと後手《ごて》に回る。視線は右手のナイフに注目し、棒で弾こうと腰を落として構える。僕は左手を下手から振り上げた。

そいつの注意が何の疑いもなく左腕に向く。跳ねるように短く後退して、視線を顔ごと上に向けてしまう。僕は右足を鋭く踏み込み、障害なくそいつの左腕の肩から肘を繋げる肉に刃を突き立てた。骨から肉を削《そ》ぎ取《と》るように深々と突き抜ける。そいつは並びの良い白歯を食いしばり、悲鳴をあげない。それぐらいなら攻撃する、と目が語っていた。

そいつが不安定な身体を捻って棒を横に払ってくる。僕はナイフを抜き取りながら屈んで回避し、ナイフを根元までそいつの右太股に突き入れ、引き裂いた。

これで大勢は決した。

そいつは口端から蟹《かに》みたいに泡を吹き零すほど奥歯を噛み合わせて悲鳴を堪《こら》え、意識が遠のいたように足腰が崩れる。受け身も取らずに顔面から倒れるそいつを支えるなんて紳士な振る舞いはせず、人体の内面を覗かせた傷痕から手早く凶器を抜いて一歩下がる。引き抜く痛みと顔面を打撲した二つの衝撃により気絶から復帰したのか、涙目になりながらもそいつは顔を上げる。

「……もう慌てる時間じゃないな、みーくん」

いつ慌てればよかったんだ。

そいつ自身は別段慌てず、僕、というか空を見上げて嘆息した。

「参った……。痛みにはある程度耐性があっても、人体の仕組みは曲げられないか」

そいつは、体育館で朝礼を聞く時のように、ぺたりと座り込んで後頭部を掻く。瘦せ我慢にも見えるその態度が、妙に似合っている。

「大体、なんで文系の僕が殺人鬼と戦闘なんかしないといけないんだ。こんなはずじゃなかったのに……」

愚痴りだした。まるで僕は眼中にないように、ぶつぶつと独り言を漏らしている。

「そう思わないか？」

と思ったら、同意を求めてきた。僕は肩を竦め、それを返事とする。

「だって、こんなに弱いんだぜ。戦ってどうするんだ」

今、鏡を見れば僕は相好《そうごう》を崩しているかもしれない。こいつとの会話は、取り急いだ殺害意欲を減退させる。場の危機感を、そいつがいるだけで緩和してしまっているようだ。

殺されようとしている奴に命乞いどころか軽口を叩かれるなんて、思いもよらなかった。

面白さと興味の混合物が、こいつとお話ししようぜと命じてくる。それについ従ってみた。

……で、結局、君はどうしてここに現れてちょっかいをかけたんだ？

「知りたいか？」

僕は素直に頷いた。なんだか妙に馴れ馴れしいし、ひょっとしてと思うのだ。

ひょっとして、こっちが覚えてないだけで顔見知りなんじゃないかとね。

そう言うと、そいつは、夜でも分かるくらいはっきりと、笑った。

「そうかもしれないな」

思わせぶりなとこ悪いけど、さっきから考えてもお前のことなんて思い出せない。

だからそっちが勘違いしているんじゃないか。

「……かもしれないな」

そいつは念を押すように、もう一度同じように呟くのだった。

「ここに来たのは、偶然だよ。たまたまちょっと散歩していたら、いたいけな少年少女が危ない目に遭っていた。根っから善良な僕は、見過ごすことができなくてこのざまだ」

ちょっと散歩という時点で嘘丸出しじゃないか、と暗夜を見回して呆れる。

「そういえばあの二人を逃がしたから、捕まるぜ」

そう言ってからすぐに、「どうでもいいけどさ」と、興《きょう》を削いだ口調で付け足した。

「ここで殺される僕が心配することでもないし。そう僕は、ここで殺されるわけだ。

……死ぬわけなんだ。そこで尋ねたいんだけど、今までの死体って殺してから解体したのか、解体してから殺したのかどっちなんだ？」

生きてる人間をバラすなんて悠長なことをしていたら、とっくに捕まってるよ。

「そうなんだろうけどね、一応の確認。もし後者の手段を取る気なら、自殺の覚悟を固めないといけないから。……ああごめん、今の取り消し。覚悟いらない」

自棄《やけ》があればいい、とそいつは投げやりに言った。

「あんたは人のために死ねる？」

無理だね。

「じゃあ自分のためなら死ねる？」

それも、無理だね。

「だよね。人は、何かの対価に死を選ぶなんて出来はしないんだ。でも僕は、強いて言うなら……あい、愛のためなら、死ねるかもって時々思う」

そいつは悲痛そうになぜか、目を強く瞑った。

なんか超カッコいいこと言ってるけど、顔が渋いぞ。

「噛みしめているのさ」

耐えている、といった表現が一番似合うのだが。

しかし、危ない理由だな。不確かなものに依存して、命を投げ出せるなんて。

「依存を含まない愛なんてないよ、愛は拠《よ》り所《どころ》なんだ」

右の耳を押さえながら、そう言い返してくる。耳なんて負傷していただろうか。

奥歯を噛みしめているのか、顎が膨らんでいた。

「だから、愛のためにここで死ねるならそれでいいんだけど……」

そいつが自身の傷口に指を這わせる。べたりと付着した血液を、湯煎にかけたチョコレートのように指先で糸を引かせて弄ぶ。

それから僕を見るそいつが、急に不敵な顔つきになった。

「僕はここで君に殺される。けどそれで終わりだ。それで八年ぶりの殺人事件は終わる」

予言を突きつけてきた。朝の占いぐらい信憑性《しんぴょうせい》が伝わってこない。

「僕が死んだら、きっと容疑者が一人に絞られるからね」

……お前も容疑者ってどういうこと？

「そりゃ簡単だ。というか、いい加減に思い出せよ」

心底呆れたような調子でそう言うものだから、むぅ、と考え込んでしまう。

やっぱりこいつは、僕の知り合いらしい。……誰だ？

いやなんとなく、見覚えを感じてはいるんだけど。
せめて暗くなかったら、もっとはっきりとそいつが見えるのに。
……あ？
真っ暗？
そのシチュエーションになにかが閃くように、電流めいたものが走る。
それを目で追いかけて、大きく顔を動かした、その瞬間。
鳥肌が何より先だった。
ついで、恐怖。
そいつの意思の明確な切り替わりが、視界を揺さぶる。
僕の無様で滑稽な隙を突き、そいつは反撃に打って出てきた。
そしてその直前、
僕が刹那に見たそいつの口元は、こう呟いた。
凄惨に、口元を歪めながら。
何よりも堪え難い愉悦を目に灯《とも》して、

嘘だけど
　恐怖が身体を限界速度で反応させた。

　それでも、遅すぎた。

　そいつが僕の膝元に飛びかかり、諸手《もろて》狩りのように足下を掬ってきた。倒れ込みながら振り払ったナイフはそいつの頭部を掠め、数本の髪を散らしたに過ぎない。

　自分の間抜けと迂闊《うかつ》を呪った。

　背中から石の絨毯《じゅうたん》に転倒する。尖った石が背筋に刺さったらしく、息が詰まりそうになった。けれどそんな悠長な行動を取る余裕はない。力ずくで引き剝がそうと、ナイフを眉間に刺し込もうとした瞬間、そいつはそれより早く負傷した左手を突き出し、その先に握った細長い何かを僕の右腕に押しつけ、その刹那火花が散った。一瞬、目眩《めまい》がするほどの光が視界を舞った。

　そして後追いで、焼け焦げた錯覚に囚われるほど鋭い熱と衝撃が右手に走る。その隙にそいつは、叫びながら僕の手を取ってナイフを奪い、逆に僕の右腕に突き刺した。

　今度はこっちが悲鳴をあげる番だったが、それさえもそいつは許さない。光が焼き付いた視界の中でそいつは僕の開けた口の中へ手を突っ込む。そして今し方のそれ、恐らくスタンガンの先端を喉に触れさせながらスイッチを入れた。針がそこから頭の頂点まで突き刺さったような激痛が襲ってきた。急激な吐き気と、気力の喪失。顔の神経が麻痺《まひ》して涙と鼻水を抑えきれなくなる。抵抗の意が失われたことを確認して、そいつは僕の口から手を引いた。

「嘘に決まってるだろ。死ねるかよ、こんなところで」

吐き捨てるように、そいつは言った。

「死ねないんだ。僕は、まだ死ねない」

言い聞かせるように、何度も同じ内容を繰り返す。

終いには。

「まだ、死ねない」

血の玉より大粒の涙を流しながら。

僕の右腕からナイフを抜き取る。その痛みに、呻き声もあげられない。顔の中に鉄柱を埋め込まれたような、最悪の圧迫感が僕から表現を奪っていた。

今の僕は、僅かに思考が働く死体に過ぎない。

「生憎《あいにく》、殺人鬼の相手は初体験じゃないんだ。……残念だったね、思い出せなくて」

そいつがなにか言っているけど、よく聞き取れない。

この不快感から逃れたいとだけ念じていた。

「それにしても馬鹿だなみーくんは。そんなに僕のお話は興味深かったか？」

本当に、そいつの言う通りだった。どうして僕は、即座に殺害しないことを前提に行動し、仲良く談笑に興じてしまったんだろう。間抜けという評価が生温いぐらいの、敗因。

そいつが僕の脇に屈んだのが見える。太股の傷が開いたのか、「いてーいてー」と冗談みたいにぼやく。そして左腕を取り、関節の部分に膝を当て、躊躇いなく折ってきた。ぎぃぃぃ、と喉の奥から悲鳴が漏れたけど、そいつは何の反応も見せない。それは多分僕が、死体の解体を行う時と同質のモノ。作業として行う時の態度。ついで、両足の首を折られた。その頃には、痛みが麻痺して、顔だけだったはずの鉄柱が全身に埋め込まれたような不快感があるだけだった。

失敗した。本当にバカみたいな、くだらない失敗。

なぜ、こいつを素直に殺さなかったのだろう。

それは、こいつがなにかを知っていたから。

僕の忘れていたなにかを。

僕はずっと、それが人殺しの向こうに見える予感があった。その感覚はきっと、間違っていない。

今も、あとほんの少しで見えそうなものがあるのだ。

だけど、決してそこには辿り着けないという直感も並び立っていた。

僕はなにを間違えたのか。

◆

その問いに応えるように見えたのは、赤い階段と、真っ暗な扉の向こうだった。

「失敗した」

周囲を見渡し、一口感想。

前途有望な家出少年と少女の死体が散乱している状態こそ成功の証なのに。

転がってるのは、気絶中の犯人だけ。

「しかし殺人犯のくせに僕を殺さないでくれるとは。竹馬の友だからか？」

嘘だけどね。

茂みの奥を殺人鬼のライトで照らす。柳の木が風に揺れているけど、幽霊はいない。

「浩太君達はしっかりと逃げたみたいだな……」

後は、僕とこいつがお縄になってお終いか。それはそれで、綺麗に収まるのかもしれない。

殺人鬼の黒いフードを外す。生徒会便りで最も自己主張の激しい、金子《かねこ》と同じ部活動の部長が、泡と鼻水と涙を垂らして昏倒《こんとう》していた。格好はつけたけど、殺してはいない。

「過剰防衛になるのかな」

どう考えても防衛ではなく、攻撃の範疇《はんちゅう》だし。

「けどお土産買ってこなかったし、仕方ないよなみーくん」

気絶中の菅原道真《すがわらみちざね》に話しかける。旅行先ではさぞかし人気者だっただろう。

「な、みーくん」

結局、一度としてその呼称には興味を示してくれなかった。

「やっぱり忘れてるんだな。僕と、マユと、自分のこと」

昔出会った時の僕はともかく、同学年の生徒の顔ぐらい思い出せばいいのに。

せめて、マユのことを覚えていれば……どうなったんだろう。

僕はここにいないだろうし、菅原も、人を殺さなくて済んだのか。

「いやぁ、罪深いね……」

誰がどの罪を背負えばいいのか、もう分けることが不可能なくらいに。

取りあえず、マユの罪は僕が背負おう。

監禁場所は目隠しされて謎という方向にすること。特定の場所を指定するとボロが出るから。犯人こと僕は両刀使いの上に子供好きという設定の変態にしよう。で、二人を外で嬲ろうとして連れ出したら、今をときめく殺人鬼に遭遇して、僕がそいつとドンパチやってる間に二人は二人三脚的な連携で逃げ出した。うん、完璧。

僕が提案したでっち上げは、二人の表情を実に微妙なものとした。嘘だらけの話術で首を縦には振らしたけど、オリジナルを尊重してくれるか些か心配だ。世間に公表する前からアレンジされると、作り手として虚しい。

「大丈夫さ、素直な良い子達……じゃ駄目か」

それだとマユが捕まるだけで、もう、僕がボロボロになった意味がない。

……意味なんてなくても、もっと、ズタズタになりたいって時々思う。

「……さて、あれに電話しないと」

嘘偽りなく不本意だけど。

携帯電話を取り出そうとして、手に握りしめているペン状の護身道具を思い出す。

「意外に役に立ったな」

スタンガンを手の中で転がしながら感謝。初日にクリア条件を達成しておいて良かった。

「けど、本当に失敗した」

菅原が二人を殺してから警察に告発し、捕獲してもらおうと計画していたのに。

家出兄妹、凶行に巻き込まれとか勘違いの解釈が浸透して、口封じを行い、僕とマユの嫌疑が晴れるのに最適だと目論《もくろ》んでいたのに。

必ず助けるから囮《おとり》になってくれって騙《かた》って、それを承諾するあの子達もどうかと思うけど、本当に助けてしまう自分は完全にどうかしている。

菅原が浩太君達の上で停止した瞬間、僕は自動で動きだしていた。

手近な武器を拾い上げ、突進。

「……やっぱあれだ、ライバルを目の前にして血潮を滾《たぎ》らせたとか……うん、そんな感じにしとこう」

薄っぺらい理由を後付けする。僕は人情モノのお涙頂戴劇に滅法弱いんだよな。嘘だけど。そもそも、あの子達を風呂に入れてしまった時点から、計画は破綻している。

「……僕のやることだからね」

上手くいくわけもないのだ、初めから。

スタンガンをナイフと同じ方向に放り捨てる。

「僕はさ……」

動かなくなってから、そいつに語りかける。

「お前をいつか、ボコボコにしてやりたかった。それだけなんだよ」

もう一度殴ってやろうと腕を振りかぶり、でも、すんでのところで自制する。ここで殴ってしまえば殺すまで歯止めの利かなくなる予感があった。僕は、人殺しにはなりたくない。

人を殺すことを覚えたら、選択肢がずっと広がってしまいそうだから。

「嘘だけどね」

半分くらい。

息を吐く度、流血をより綿密に感じる。

パーカーのポケットから電話を引っ張り出し、最新に登録された番号を選択して通話ボタンを押した。トゥルルル掛ける十五。

「……あ、もしもし……寝るなジェロニモ、仕事だ。ええ、仕事。懺悔？　押入にお菓子を隠していたら腐りました。……はい、殺人犯に偶然遭遇したんです。ええ、ぐ、う、ぜ、んです。一片の意思介入の余地もなく天啓に従うことなく、運命の出会いを果たしたんです、とっとと捕まえに来てください。場所は公民館の近所の神社です。え、今？　やだな、夜は眠るものですよ。はい、よろしく」

通話料が勿体ないとばかりに繋がりを遮断する。

画面に表示される、通話時間と料金を眺めながら、切れた電話の先の人物を思い描いた。

「思い出したよ、奈月さん」

初めて会った時は、おねえちゃんって呼んでたことも。

「奈月さんは覚えてたのかな」

どちらにしても、尋ねたら『勿論一日たりとて忘れていません。むしろみーさんこそ忘れていましたね、思い出すのを一日千秋《いちじつせんしゅう》で待ち続けていました』とか言う。絶対言う。

八年前、監禁から解放された僕のもとに現れた警察のおねえさんは、そんな人だ。

「さーて、撤収しますか」

独りで宣言し、立ち上がり、颯爽とその場を去る、ことが理想だった。

「あら？」

立ち上がれない。むしろ無様に倒れた。

菅原の隣に仲睦《なかむつ》まじく突っ伏してしまう。

「あらら、成長期によくある立《た》ち眩《くら》み……いだ、ちょ、急にいて……」

身体の穴空き部分に、熱が再発する。それに合併症として、一度消失した痛覚も蘇ってきた。血の滴りが肌から存分に伝わってくる。

この場を離れようとした途端だ。誰かがこの地に白魔法でも唱えててくれたのか。

「あー……それいい。誰かとの心の繋がりが僕に影響して脳内麻薬を分泌してくれたわけだ」

エンドルフィン万歳。持ち上げてやるからもうちょっと踏ん張れ。

試行錯誤する。右腕と左足だけで移動出来ないかと、墓場から脱獄したゾンビを真似て砂利の上に這《は》い蹲《つくば》る。

「ふぬ、ぬい、てや……くっ、ガッツが足りない」

左腕が曲がらない。上半身が痙攣《けいれん》している。右足なんか赤色の噴水が設営されて市民触れ合い公園一般開放寸前だ。これだけで人間の動きなど制限されてしまう。……これだけってほどでもねぇな、と確認して血の気を失う。

胴部や頭は守ったけど、即死しないってくらいの防護にしかならなかったみたいだ。やたら寒い。歯が噛み合わなくなってきた。

「止血……」

保体で習った止血法は、血と共に真っ先に記憶から失われている。行う気力もない。

「やべー……気がしないこともなきにしもあらずと言わざるを得ない。救急車の出動を要請すべきかな」

けどそうすると、叔父達に何と言われるか。飛び降りの一件で心証は最底辺だし。

終いには叔母の手で打ち首にされてしまう。僕を心配してくれるということ、そして、ついでに引き取ってくれた理由も教えてほしい。

僕は自分が嫌いだから、そこのとこがどうしても分からないのだ。

「なひょひゃひぇー……」

こんな時でも欠伸は出る。

「眠い……」

寝たら死ぬだろうか。夜なのに視界の端が白い。その白色がじょじょに裸の天使様の形へと変貌し、タンポポだらけの畑を耕し始める。農耕民族に対して喧嘩を売っているような拙い手つきで農作業を繰り返す連中の耳にタンポポの綿を詰め込んで帰れと怒鳴り散らしたら本当に人生の最後だけど、生憎そんなものは見えていない。せいぜい、足のない人ぐらいだ。

「……あ」

昔もあったよ、こんなこと。

致命傷を受けて、眠くなった時が。

その時の傷が今でも頭に残ってる。

隠すために髪を梳かずに、伸ばしていた時期もあった。

けど夏の暑い時期に鬱陶しくなって切り落とした。

誰に隠す必要があるんだと思い直したこともある。

あの時の爽快感は清水を浴びるより清々しく……あれ？

懐かしいものがたくさん流れてくるけどこれは、ひょっとして走馬灯というやつでは？

つまり僕は、もうすぐ死ぬのか。

「……っと、か……」

声が出しづらい。音なんてするはずもないのに、血の流れる音が聞こえる気がする。

まずいんだろうなと思いながら、身体が動かない。

「……やっ……」

流血につられるように、こぼれ落ちるものが睫毛を濡らした。

その流れるものに含まれた感情は悲喜、どちらなのだろう。

天国がどんな場所なのか、僕が知ることはきっとない。

間違いなく天国に行けないという確信があるし、とても住み心地がいいなら羨ましくなるだけだから、知らないまま地獄に行った方が心に優しいだろうと思う。

でもどんな人が天国に行けるのかは、少し興味があった。

ぼくの父さんと母さんは、どっちに行ったのだろう。
死んだら、また、あの人たちに出会うのだろうか。
「もし、会えたら……」
なにか言いたいことがたくさんあったはずなのに、それを練り出す余力もない。
身体に、意識の針が引っかかって飛び立てないような、もどかしささえ感じ始める。
心もふわふわしているし、なんだかとても、飛んでいきたい気分だ。
今あるものすべてを捨てて、ずっと、人のいない場所に。
だから。
深呼吸に応じて命が抜けていく気がしたから。
本当に、めいっぱい、息を吐き出した。

四章　『青い鳥は飛んでいく』

おとうさんが、男の子と女の子をつれて帰ってきた。

男の子はかみの毛が短くて、目がぎょろぎょろと大きい。女の子は、チビで鼻が低くて、目を真っ赤にして、男の子を見ていた。二人は、からだを麻のひもでぐるぐるにしばられて、口は布が巻かれている。

なんだか、へんだった。

お兄ちゃんが死んでから、おとうさんは少しおかしくなっていた。前はぜんぜんおしゃべりじゃなかったのに、とても明るくなったり。たまにラジオとお話もしていた。そのおまけにぼくにも声をかけてくれるようになった。ぼくは男だけど、死んだおかあさんに顔のかたちがにてるって言われて、その後なんでか分かんないけどたたかれたりかまれたりしていた。

おとうさんのようすをかいだんの上から見ていたぼくは、おくに行ったことを見てからいもうとのおかあさんにそのことを話しにいった。いもうとのおかあさんは昔のおとうさんみたいにいつもぶすーっとしてるけど、ぼくのことをたたかないから今のおとうさんよりはすきだった。

いもうとのおかあさんにおとうさんと男の子と女の子の話をしたら、すぐににげなさいってこわい顔で言った。それで、どこかのお家に入って、ゆうかいはんがいるって伝えなさいってぼくに早口で言った。ぼくは、なにがなんだか分からなくて、ゆうかい？　って聞いた。いもうとのおかあさんは、もうちょっとテレビを見るようにってめずらしく笑いながら言って、ぼくの手をひっぱって立ち上がった。へやの入り口には行かずに、まどの方に近寄ってかぎをあける。まどの外はうらにわで、ぼくがよくいもうとにたたかれていた場所だった。いもうとのおかあさんはぼくをほうりなげるように外へ出そうとする。おかあさんはどうするのって聞きたかったけど、この人はいもうとのおかあさんだから、ぼくはどうよべばいいのかなやんで、動けずにぐずぐずしていた。

そして、おとうさんがすごくこわい笑い声をあげてへやに入ってきた。

いもうとのおかあさんがぼくを外につきとばした。

ぼくはひじを地面にうって血が出たけど、そんなことよりもおとうさんがこわくて、いもうとのおかあさんに言われたとおりにげんかんがわへ回ってとび出した。

外は田んぼばっかりでなんにもなくて、どこに行けばいいかぜんぜん分からなくて、でもまよってるのが一番だめだから、小学校に行くことにした。そのとちゅうによっくんのお家と竹田《たけだ》のおばあちゃんのお家がある。

ぼくが田んぼのまんなかを走っているとおとうさんがすぐにおいかけてきた。いもうとのおかあさんはどうしたのって聞きたくて知りたくてこわくて、ふりかえった。

おとうさんの持っているバットの先に、赤いものがついていた。

それだけで聞かなくても知ってしまい、こわさに泣いた。

ぐんぐんと、大人の足がおいついてくる。ぼくは走るのはとくいだったけど、にげるのははじめてだからすぐにいきがあがってしまった。足も、地面をけっているかどうか分からなくなってくる。

そして、田んぼと道のさかいで足をひっかけて、ころんでしまった。

ぼくはいたくて、こわくてこわくてこわくてこわくてぶわってなみだが出てきた。にげたくても、息をするのもくるしくて、からだがいたくて動かない。

けどやっぱり、それでもにげなきゃ、だめだったのに。

かげがぼくをおおった。

足を思いっきりふまれて、ゴリッてにぶい音がした。

今までで一番いたい。

そのあと、バットで頭をたたかれた。

それはぜんぜんいたくなかったけど、すごくねむくなった。

おとうさんが、男の子と女の子をゆうかいして帰ってきた日の話。

◆

なぜぼくまで巻き込まれたのか、動機は分からない。その方が面白いからとか、兄も妹も既に死んでいてぼくしか生き残っていなかったからとか、犯罪者である父親にも色々な気持ちがあったのだろう、死んでしまえ。もう死んでいるけど。

呪いも祈りも意味を成さない、狭い地下室。ぼくたちにとっては牢《ろう》であり、死ぬ前に見ることのできる地獄だった。ぼくが頭をかち割られて血と光に目が眩《くら》む中で地下室に放り込まれた時には、二人はまだ正気だった。自分と相手を正常に認識できる、普通の子供だった。

ぼくは、自分が何者か名乗ったら二人に殴られた。蹴り飛ばされた。誘拐した犯人の子供なのだから、それも当然と言えた。しこたま暴力を振るわれたあと、泣きつかれた。ここから出すように頼んでくれと。

それができたら、ぼくはこんなところにいない。

ぼくにできることはなにもなかった。ただ、流血が早く止まればいいと思っていた。全身の殴打の痛みが辛くて冷たい床に寝転がりながら、壁際で寄り添う二人を暗がりに眺める。二人はお互いの身を案じて心と少ない言葉を交わし、一つの生物を目指すようにくっついていた。

　ぼくには寄りかかれるものがなくて、二人が少し、羨ましかった。

　ぼくたちは誘拐犯と色んな遊びをして過ごした。猫か犬だったら五回、六回は死んでいただろう。人間というのは劣悪な環境で、未成熟の身体であってもしぶといものだ。しかしそれは身体の話であって、精神はそこまで頑丈にはできていないらしい。

　先に異常をきたしたのは、女の子の方だった。

　女の子は極端に無口になった。悲鳴と懇願を忘れて……正確には、男の子とだけ朗らかに、無邪気に、なにも起きていないように話すようになった。それが、どれだけ苦痛に満ちた状況だったとしても、そちらには一切反応することなく。

『みーくん、明日の給食楽しみだね』

『え……え、あ、なに……？』

『わたしも嫌いなのあったら、こっそり交換して食べようね』

『…………………………う、ん』

　二人は仲良しだった。

　ぼくは、適当にそう思った。

女の子はそれと、よく眠るようになった。癒えない傷を少しでも和らげるように、現実から目を閉じて。それは暴力に晒されても拭いきれない、深い逃避だった。

最初は、それでよかった。いや全然まったくよくはないのだけど。女の子の異常性が更なる崩壊を招く呼び水となるのに時間はかからなかった。男の子の方が付き合いきれなくなっていったのだ。暗い場所で明るい話をするというのはそれくらい、精神に陰りを与えるものらしい。

男の子は、女の子を見なくなった。見えなくなった、の方が正しいのだろうか。とにかく一切相手にしなくなった。呼ばれても、縋りつかれても、爪を立てられても。女の子が腕をまるでかじるようにボロボロにしても、男の子は声も視線も寄越さなくなった。

それを受けて女の子の心境にどんな影響があったのだろう。男の子に縋りよることは諦めて、でも、ずっとその名前は呼び続けるようになった。

『みーくんみーく

んみーくーくんみーみーみーみーみーみーみーみーみーみーみーみーみーみーみーみーみみーみみみみーみみみみーみみーみみ―――――――みみm−みm−みm−みm−みみみみみーみみみm−』

最初は、うるさいな、って思った。

静かすぎても現状を見つめることになって気持ちが沈むだけなのに、勝手な言い分ではあった。でも起きてはそう呟くだけで、他に反応もなくなっていた。耳を塞いでも手の甲がその声に震える。そして声はどこにも辿り着かなかった。

そんなにいいものなのだろうか。ぼくは、他人を必要とする感覚がそのときまだ分からなかった。だって、距離が一番近いはずの家族がこんなのだから。

ひとしきり、そのときもその名前を呼び続けて、疲れたように俯いて。

ぼくは初めて、女の子をちゃんと見て、ほんのわずか、憐《あわ》れんで。

男の子たちに殴られて以来、つまり初対面から一度も話しかけなかったのだけれど、女の子が泣いていたから、うるさかったから……それから、寂しそうだったから。

女の子に、声をかけた。

『ねぇ……ええっと』

潰れて声の出しづらい喉の奥で、血のにじむ味がした。

膝を抱えるようにしている女の子の目はまったくこちらに向かない。やめようかと思いながらも、せっかく近づいたのだからと少しだけ粘ってみることにした。

でもすぐに言葉に困る。その子の名前を知らなかったのだ。

長い時間、同じ空間にいながら、ぼくたちは自己紹介さえ交わしていなかった。

だから、男の子との話を聞く中で覚えた、あだ名で呼ぶしかなかったのだ。

『きみは』

ぼくはその名前を最初に呼んだときを、決して忘れない。

『まーちゃん……』

その名を口にした途端、ロウソクの火のような揺らめきがその子の瞳に起きた。

『みーくん？』

女の子は、ぼくに向けて、その名を返した。

女の子のくたびれた脳は、そのとき、決定的にこじれてしまったのかもしれない。違うよ、とか、なんのこととか。細かい声が漏れようとして、でも確かな形にならなくて。

このとき、ぼくは、なんて返すのが正しかったのだろう。

どう応えていたら、ぼくは。

……ぼくは。

『こんにちは。今日は、なにをして遊ぼうか』

色々と理由はあったんだと思う。

たとえば彼女が完全に使い物にならなくなって放棄されたとしたら、ぼくの負担が増しそうだなとか。今の僕にとって世界はこの地下室だけで、一人減るだけで世界の三分の一が失われてしまうとか。女の子の瞳の無垢な加減に、魅せられたとか。

それから、初めて、誰かに求められたことへの嬉しさとか。

ほら、色々あった。

僕は求められていない子供だった。

親がこんなだし、兄妹とはすれ違い、友達もいなかった。

決定的に足りなかったなにかが、血生臭さと共に、鋭く染みた。

だから僕は、別人を騙り続けた。女の子を助けたいっていう思いは、気持ちで列を作ったら随分と後ろでうろうろしているだけだっただろう。

嘘をつく、ということを自覚的に行うためには正常な思考が必要だ。

僕にはうってつけだった。

僕だけが正気を保ちながら、この地下室の始まりと終わりを、見届け続けた。

一秒ずつ、ゆっくり、決して時間が飛ぶことなく。

あますことない、すべてを。


僕が生きていることを三日後に知った場所は、やはり病院だった。

左腕の肉が半分削げ、右足の太股は血管がどうたらこうたらで重傷。

けれど、死の淵《ふち》に余程嫌われているのか、生き残りだけは平然とこなした。

相手が興味を引く話を命乞いのようにして、意識が内面に傾いた一瞬の虚を突いて襲いかかるという、三流の小悪党が悪あがきに用いる戦法で勝利して、僕は生き残ったのだ。

切なくなった。

「まだ死ねない」

　自分がとことん、生きないといけない事実に改めて向き合う。

　そんな時間が病室に満ちていた、はずなのだが。

　目覚めてから更に二日が経過した十一月五日現在。

　言葉の監獄に囚われていた。

「たわけ」「は……」「どだわけ」「方言で罵倒されても」「くそどだわけ」

「達者な日本語で。地元の誇りですね」

　奈月《なつき》さんの笑顔は今日も冴えている。灰色のスーツを着こなして髪を下ろした姿は、就職活動中の大学生と紹介されても『ウチ、未成年は雇わないよ』としか言いようがない。

　恋日《こいび》先生と同期とは思えないな、何度見ても。

　病院、昼下がり、独身三十路のお姉さんという三要素が鏡餅のように重なり、平手打ち警報が発令されている。いやむしろ、今度はグーかもしれない。

「それが先生からの伝言ですか？」

「ええ。あ、三つ目は私です」

　他人の尻馬に乗って人を罵倒するなよ、と言いたいが堪《こら》える。

助けられた手前、どうにも強い態度は取れないのだ。

それに、この人に頼み事をして借りを作ったので、力関係を覆すことが根深く困難の領域となってしまった。債権者と債務者の疑似関係を体感している気がする。しかも、お金と違って返す方法が難しい。

人間って、面倒だなぁ。

「あと、二度と顔を見せるなと。これで再生終了です」

「……そうですか」

「落胆しなくても大丈夫ですよ。一週間もすればあいつの方が根負けしてここに来ますから」

そうなるといいな、と少しだけ願った。

奈月さんが椅子にかけ直し、背筋を正す。

「で、偽みーくんのみーさん」

「あの、マユがいるんですけど」

いつぞやの誰かさんと同じく、僕の脇で眠る健康優良精神不良児を示す。

「まあ、平日のお昼なのに何故ここにいるんでしょうか」

「そんなこと考えなくても分かるでしょう」

「金の無心ですね」

「考えろ」

疲れる。溜め息ばかりが積もる人付き合いだ。

でも人との付き合いなんてみんな、そんなものかもしれない。

疲れて、なにかを溜め込んで、でもその代わりに得難いものを手にできる。

……僕はこの人と話して、なにを得ているのだろう？

「さて、みーさん。幾つか聞かないといけないことがあります」

答えてくれますよね、と笑顔で威圧をかけてくる。「どうぞ」と、快諾するわけがない。

「怪我に響くのでそろそろ休みたいんですけど……」

「まず……菅原《すがわら》君のこと。彼が犯人だと、いつ気付きました？」

無視された。

最初から。

「いいえ、そんなこと夢にも思いませんでしたし夢も最近めっきりご無沙汰で。不眠症です」

「…………………………………………………………そうですか」

長考の間に二回ほど笑顔が崩れかけたけど、あくまで微笑みを維持してくる。やるなぁ。

「それで、家出から保護していた池田《いけだ》兄妹を家に送り帰そうとした、五日前の夜に偶然、菅原君に遭遇してしまい九死に一生を得て確保……」

「その通りです」

胸を張って答えた。今度は形だけでも納得してくれず、奈月さんの口端がひくひくと引きつる。僕だって、初回時は驚きを隠すのに苦労した。

僕とマユは家出の保護人。

警察の人に、あの子達はそう証言したらしい。

無理がありませんかと問い返しかけてしまった。とはいえ悪い話ではないので、池田家族が揃って見舞いに訪れた時も、僕は口裏を合わせてしまった。その後は、両親の喧嘩が一時的にせよ収まったことに感謝された。

……そこで、何となく疑問が浮かんだ。自分に対して。

本当は、それを狙っていたんじゃないかって。

あの子達に好意的な態度を示して、良心を疼《うず》かせ、無罪の証言を誘導したんじゃないかって。

今も、その件については懊悩《おうのう》して、結論が出ない。

「菅原君の証言では、修学旅行から帰って翌日、机を覗くと午後十時に指定地まで来いと呼び出しの手紙があったといいます。その呼び出し人は現れませんでしたけど、これは？」

「無責任な人ですねえ。その人の所為で菅原と僕、両方が迷惑を被りました」

首を振り、仰々しく包帯を巻かれた左腕と、吊《つ》り下《さ》がった右足を悲しむ。

「……殺人犯とお話と決着をつけたいと書かれていたらしいですね」

「かっけー！」

「……手土産付きですとも書かれてたそうですね」

「地元の適当なお土産ありますよね。甘露煮のやつ。原産地がアジアとかぼかしてあるの」

「…………池田兄妹を、深夜に帰そうとした理由は？」

「いや、夜中の方が人目につかないから、なんか、こう自然と人に優しいかなって……」

段々とこっちのはぐらかしも苦しくなってきた。奈月さんが目眩を抑えるようにこめかみに指を当て、肩を落として参った感を演出している。

「あなたは本当に正直者ですね」

自分に、という恨み節の台詞が途中に入っていることが伝わってくる。なにかをごまかしたくて、嘘を並べ続ける。なるほど、自分の願いには正直だ。

悠長にそんなことを考えていたら、奈月さんのおみ足が振り上げられた。そして力を溜めて振り下ろされる。尻で椅子が弾《はじ》かれ、中途半端に履いていたスリッパが爪先から跳ね飛んでベッドの下を滑って通過し、壁に激突する。派手な演出で立ち上がり、僕のベッドの左側に回り込む。

大変よろしくない予感がした。

「狭いんですから詰めてくださいね」

笑顔で邪魔者扱いしてきた。怪我人の僕を。肩を掴んで、右に押し退けようとしてくる。

「ちょっと、痛い、痛い。誰か男の人呼んでぇ」

足なんて吊ってあるんだぞ、動かすな。

「病院内ではお静かに」

僕の脇腹を蹴り、強引にマユ側へ移動させて、空いてすらいない場所を無理矢理空き地にして不法占拠し、居座る体勢になってしまった。

どんな状況だ。

真ん中に男、脇に女性二人で川の字を描く。夢みたいな状況だけど過程は悪夢のようだった。

奈月さんの手が僕の肩に添えられ、間近で顔を突き合わせることになる。顔の間に奈月さんの金糸のような髪が散らばり、掬《すく》い上《あ》げたい衝動が少し指先を焦がした。

「……あの、僕、隣の彼女に見られたら今度こそ命がないんですけど」

前回だって死んでいないとおかしかったのに。

まだ死ねない。

虫歯みたいに、ずきりと、頭の奥が痛む。

「最近眠っていませんので。殺人犯を護身術の殺人柔道で撃退した私は色んな方向に引っ張りだこで体と心を休める時間がないんです」

しれっと皮肉を言い放つ。口笛を吹こうとしたらその前に唇をタラコに摘《つま》まれた。

そう、このお方は今や時の人である上社《かみやしろ》奈月さん。町を襲う未曾有の殺人事件を解決した、名刑事……と、されている。

僕が奈月さんに頼んだことは、菅原を確保した人の肩替わりだ。

僕が捕まえた、とかそんな風に過去とこれ以上関わりを持つのが嫌だった。

その過去から、思いっきり繋がっているマユは例外とか棚に上げるとして。

「ねぇ、××ちゃん」

ざらりとした、砂を耳の穴いっぱいに詰め込まれていくような感覚が鼓膜を震わせる。

事件以来、ノイズとしか受け取れなくなってしまった、僕の名前が呼ばれた。

「あら、見事なしかめ面ですね」

「名前は嫌いなんですよ。僕が男という点を全く考慮してないから」

「それだけですか？」

奈月さんが確信に満ちた笑顔で、柔らかい追及をしてきた。恋日先生の友人という時点で、その質疑への解答は持ち合わせているはずなのに。顔に似合わず意地が悪い。美人だから、顔なんかに合わせない性格でも許されて、生きていけるのかもしれない。

「それだけですよ。でもそれがこの上なく嫌な反抗期少年なんです」

僕の受け答えとは対照的に、奈月さんは輝きを目一杯トッピングした微笑みを浮かべる。それから僕の髪を手の平で、微風《そよかぜ》のように撫でつける。

「分かりました。では少し変化させて、これからもみーさんとお呼びしますね」

これからがあることを望むようなお仕事ではないのだが。

僕の困惑を無視して、奈月さんは本題に入った。

「菅原君は、マユちゃんの幼馴染《おさななじ》みさんで、みーくんなんですよね？」

「そうですね」

「で、みーさんは誘拐犯の息子で、二代目みーくん」

「いえいえ、ただの代理です。菅原が復帰すれば即お役御免ですよ」

そんな日があるかは知らないが。

……しかし、代理。それが果たせるということは、マユの記憶に隙間があるということ。

マユは、菅原とぼくのことを忘れて、みーくんを覚えている。

……そう、ぼくのことなんてまったく覚えちゃいない。

そして、事件後には形不明の『みーくん』が自分を助けてくれたという都合のいい記憶だけが彼女の真実となった。

だからマユは、両親がどうやって死んだか説明出来ないはずだ。

「……嘘つきめ」

言う資格のない非難だけど。

「自嘲ですか？」

「正直者じゃなかったんですか、僕は……」

僕の髪を楽しんでいた奈月さんの手が、今度は腕に巻かれた包帯をさすってくる。

傷は痛くないけど痒い。しかし掻くことは禁止されている。一種の拷問だ。

「あと十分遅かったら出血死の可能性が五割増しだったと、お医者様が言ってました」

「……そうですか」

それは、なんていうか。

思いかけて、目を逸らす。枕の方へ眼玉を沈めるように。

「恋日、曰く」

「古人曰くみたいですね」

僕の茶々は無視された。

「みーさんは蛾《が》のようだと」

「傷ついていいですか？」

蛾て。せめて蝶《ちょう》とかだとそれらしさが増すのに。

「意味は私には分かりません。動物占いかなにかでしょう」

「なーんだ」

納得した。それなら蛾の人も大勢いるからいいや。徒党でも組むか。

「みーさん」

「今度は何ですかアメリカシロヒトリの話ですか？」

奈月さんは再会の約束を果たした恋人のような、後光さえ差す美の微笑みで言った。

「私は貴方を信じていました」

「そこまで真っ直ぐ嘘つかれると気持ちいいくらいですね」

いやほんと。僕もこれくらい開き直って言えるといいんだな、と学ぶところは多い。

もちろん、とても真似できそうになかった。

「先日、逃げる鶏を剣で突くかの如《ごと》く犯人扱いされたという記録が残っているんですが」

「やですね、菅原君が犯人だという話をしただけなのに自分のことと思い込んで、みーさんったら感受性が強すぎます」

お茶目さん、とか言いそうな勢いで肩を叩かれた。負けず嫌いはこれだから。

「……………………」

僕が犯人となっていたら、『みーさんが犯人と信じていました』だろうな。

まあいいや、これで僕とマユの罪は放免、と。

「ほんとにみーさんったらかわいいんですから」

「そりゃどうもス」

「まるで歳の近い子供みたいです」

「近くねぇっす」

幾ら外見が若くとも、実年齢まで一緒くたにされては敵《かな》わない。

しかし若者の主張は無視された。

「むしろ双子」

「悪化してるんで、すが……」

背中側から、衣擦《きぬず》れの音がした。冷や汗が毛穴の前で噴き出る準備をし始めているのが分かる。中古の扇風機の首振り機能より緩慢に、背後を向いた。

「みーくん……」

目を擦り、僕の顔を確認する。そこまではいい、でもばぁっと、目が強く開く。

マユが覚醒した。

腕枕に垂らした涎をじゅっと吸い込む。

あ、真顔になった。

見てる見てる、反対側にいるパッキン女性を凝視してる。
誰こいつと今にも言いだしそうだ。そんなの、僕が現実に聞きたかった。
が、奈月さんは平然と、マユに挨拶する。
「お久しぶり、まーちゃん」
柔らかい挨拶。それを聞いて、この人が全て知り得ていることを理解した。
マユの目が点になる。僕と奈月さんを見比べる。
果たしてこの瞬間、マユの脳はどのような働きを示したのだろう？
人間の神秘が、マユの答えという形で顕現する。
「みーくんが二人！」
「……いやいや」
申し訳程度に否定する。無理に割り込むと、ややこしくなるからな。
しかし、凄い仕組みだ。人間って、どんな風にできているんだろう。
マユが僕を、人をみーくんと認識するために、鍵となるものがあった。
それは誰でも使用出来て、けど僕だけが用いていたもの。
今しがた奈月さんが呼んだ、『まーちゃん』だ。
みーくんとまーちゃんが揃うことで、マユは、幸せを見つける。

誰が相手でも、こうやって名前を呼べば、みーくんが見られる。

幸せの象徴を見つけられる。

まーちゃんは幸福に一直線で、陰りがない。

心底、羨ましかった。

「しょのにょにょ……」

マユの呂律《ろれつ》が怪しくなる。目がぐるぐる自由に逃げ回る人を初めて見る。

でも、マユの瞳は、どこにも行けない。

現実も直視できないその瞳は、それでも、遠くには決して旅立てなかった。

「しょね……」

うわ言みたいに呟いて、あ、逃げた。目を閉じて、すやぁっと寝て、現実を見ない方向に落ち着いた。夢かと思ったのかもしれない。夢ならよかったのにね。

しかしこちらも危機が去って、助かったと言える。

奈月さんのお陰、と思ったけどそもそもこの人がベッドの中にいなかったらなんの問題もなかったのだ。

「みーくんは薄っぺらですね」

危険の元凶から優しい声色の辛辣な評価を頂戴した。振り向きはせず、そのまま切り返す。

「今頃気付いたんですか」

「今だから気付きました」

格好良く聞こえる言い回しだった。

「これからもみーくんとして生きるんですか？」

デートで昼食を取った後の予定を尋ねるぐらい軽い口調。

「……考え中です」

将棋のタイトル防衛戦に臨む名人くらい、厳粛な態度のつもりの返答。

「考えられることは幸せですね」

それを最後の祝辞として、後方からは寝息が上がり出した。

本格的に寝るか、普通、と呆れながらも動けなくて、逃げ場はなくて、諦めるしかなかった。

まーちゃんも優しく目を瞑っている。制服を着ているから一応、ちゃんと学校には行ったらしい。ベッドも手狭なのに、問題なく夢の海に浮かんでいる。疲れているんだろうな、ずっと、って、その頬を指で撫でる。まーちゃんの頭の中には、理想の世界がある。

それを形作るのはきっと、とても疲れることなんだろう。

なにしろ現実とは別世界を作らないといけないからな。つまり地球を、宇宙を作っている。一人の人間の頭に収めるのはとても難しく、でもそれが成立していることに、僕は人という生き物の懐の深さを感じずにはいられないのだった。

僕には、とても無理だった。

「…………………………」

僕はどうも、異常になれない異常らしい。

なにがあっても、根本から異質に染まることができない。

望んだとしても最後は輪郭の歪みが収まり、見たくもないものしか見えなくなる。放棄することもできない過去を一人、すべて抱えるしかなかった。

あの地下室で起きたことを正確に覚えているのは僕だけだ。父親の醜悪なる満面の笑みも、まーちゃんにぶっ刺されて白目を剝《む》いた菅原の顔も、そのまーちゃんにめった刺しにされながら僕をかばってくれた、母親の最後も。

それまで無気力を通していたマユが急に、噴火したようになるとはだれが想像できただろう。慢心していた犯人なんて特に、そんな反撃を貰うなんて考えもしなかったらしく、ろくに抵抗する前に致命傷を受けて、そのまま死んでしまった。

そこだけ見れば、マユは、僕たちを救ってくれた形になる。

でもマユにはそれからがあり、止まらなかった。地下室にいる人間はみんな同じように見えたのだろうか。菅原も、僕も、見境なくめった刺しにしてきたのだ。人間の限界を下側に越えてしまったように、その体軀《たいく》からは信じられない力を発揮して、躊躇《ちゅうちょ》なく僕たちは暴力に晒された。

そんな刃から僕をかばったのが、母親だった。

母は、僕を『母親だから助ける』と言った。

それはルールであり、原則であり、曲げることのできないものであると。

『×とかじゃなくて、ごめんね』

息も絶え絶えで、包丁が突き刺さる音がうるさくて、声はろくに耳に届かなかったけど。

あのとき、確かにそう言っていた気がした。

それは、温かさとか慈しみとか、そういうものではないという意思の表れでもあった。少なくとも、僕はそう受け取った。以来、僕にはたった一つだけ、正常でなくなったものがある。

僕の、唯一の悲しさがそこにあるのかもしれなかった。

そんな僕だからこそ、他人の名前を名乗ることに躊躇がないのかもしれない。
これからも僕は、嘘をつき続ける。
世界で一番騙《だま》されやすい女の子くらいしか相手にしてくれない、下手な嘘を。
生きている限り。
「だから、まだ」
死ねない。
僕は父に血を流されて、母の血を浴びて、痛みを忘れることなく生きている。
痛みがある方が生きている気がする、という心境に至れるのはいつになるだろう。
あのとき、まーちゃんに間違われたとき。
僕はどう応えていたら、あのまま死ねたのだろう。
目を閉じても、いくら眠っても、どれだけ逃げようとしても。
僕は、ここにいる。寝ぼけることもできないくらい、はっきりとした意識と共に。
「まだ死ねない」
譫言みたいに呟きながら、地下室を出たあの日。
人間の中身の匂いに浸って、沼を歩くみたいで。
階段が永遠に続くように思えた。

「まだ死ねない」

呟き続けると、不意に、視界が濡れた。

建物の中なのに雨を正面から浴びたようだった。

「まだ死ねないのか、ぼくは」

それは心と内臓の隙間を吹き抜けていく、爽やかな絶望だった。

気持ちよくも冷たい風がびゅうびゅう、僕の肌を震わせる。その寒気から逃げるように身をよじると、傍らで眠る彼女が目に入る。じっと見下ろしていたら、頬が熱くなった。

恋だな。そうであってほしい。

「…………………………ぁは」

僕はこの子が、本当に羨ましい。

見たいものだけを見て生きていける、そんな生き方が。

きっと彼女は、生きることが楽しくて仕方ないだろう。どれだけ客観的に不幸でも、誰の目に見ても哀れだとしても、本人はずっと、あの日から、幸せだけを見つめている。

僕もそうなりたかった。正常であることを捨てたかった。

だけど誘拐犯に出会おうと、人殺しと向き合おうと、僕は、変われない。
それを痛みと共に、まさしく言葉通り痛感した、それだけの出来事だった。
「…………………………………」
明日もぼくは、みーくんだ。
彼女が幸せであるための、背景になる。
その果てが目の前にあるのか、永遠に続くのかは分からないけれど。
どうか。
いつか。
まぐれで。
都合よく。
嘘まみれでも。
きみの幸せが、ぼくの幸せでありますように。

《完全版　特別短編》

追憶『あがいても、生きる』

何の気なく手に取ったことで思いつき、左手に握った歯ブラシをそのまま使ってみた。利き手と反対で歯を磨こうとしてみると、まず握った段階で違和感が酷い。右手と同じ持ち方をしているはずなのにいくつも引っかかりがあり、指先がすぐ疲れてしまう。

途中で諦めて、結局右手に持ち直す。

慣れたものから抜け出すというのは、とても大変だ。かように。

外面《そとづら》はしっかりしているものだな、と中学校の廊下ですれ違う度に思っていた。御園《みその》マユという同級生の冷淡な顔立ちに、度々感心する。近くで息を吸えば舌が凍り付きそうな、冷めた空気を纏っているのに、美しさに陰りがない。

過去も含めて人目を引くその少女は、しかし他の誰も見ないで真っ直ぐ歩いていくだけだ。当然、ぼくに見向きもしない。忘れられてしまった寂しさと、安堵《あんど》の両方があった。

あの事件以来、御園マユと会話もしていない。会う機会はあったし、今もこうして同じ学校にお互い平気な顔で通っているけれど、声をかけたことは一度もなかった。

ぼくは彼女の幸せをいつだって願っている。そのためには、ぼくという過去は邪魔だと判断したのだ。一つでも思い出せば、転んで、彼女はもう立ち上がれないかもしれないのだ。取り扱いがあまりに繊細であり、崖っぷちだった。

だからぼくはずっと、彼女への接触を断《た》ってただ遠くから眺めていた。

それでも距離を取っていても、ぼくは暇さえあれば彼女のことばかり考えていた。彼女の美しさを間近で受けてしまった者として、彼女の本当の願いを知る者として、彼女になにがあったのかをすべて知っている者として、ぼくには、囚われる理由しかなかった。

お風呂に入っているときと、布団に入っているときが一番、彼女のことを想えた。本人を前にしていると、見ているだけで満たされてなにも考えなくて済むから、一人のときの方がよっぽど、彼女について頭を働かせることができた。

彼女は、過去を忘れながら過去に囚われている。

難しいな、と感じる。過去は、彼女が一番幸せだった時間と、彼女が一番泣いた時間の両方が眠っている。上手く片方だけ思い出せれば、或いは、とも思うのだ。

というか、なる方法はそれしかないのだきっと。

彼女の人生は既に終わっていると言っていい。地下室での長い時間は、一人分の人生を消化しきるには十分すぎた。それでも彼女は死んでいないから、人生は続いてしまう。

その後になにも待っていない、ただ時間をこぼれ落とすだけの人生が。


だけど、こうも思うのだ。

それは、ぼくも同じなんだろうって。

中学二年というセンチメンタルの整いきった時期の、ある夜。ふと、そのことに気づいて暗雲が立ち込める。叔父の家から感じる木の匂い以外に混じったものが、ぼくを満たそうとしていた。

掛布団を剝がすように身体を起こして、目の中が変に光る現象に悩まされる。

嫌な気分だった。俯きたくなるときの気持ちはみんなこうだ。顎や額に見えない雲がかかっているような、そんな閉塞感と息苦しさ。晴れないといい気分は決して訪れない。

でもいい気分ってなんだろう。ぼくはそんなもの生まれてから一度も経験していない気がする。いつも胸に穴が空いて、なにかが流れ落ちていく感触だけがあった。満ちることがない、喜びも、悲しみも。だから自分というものが希薄で、すぐ他人事みたいな感覚に陥ってしまうのかもしれない。そんなことをぼぅっと客観視できるくらい、ほら、またよくないことが起きていた。

きぶんてんかん、と義務のように呟いて周囲を見回す。現実、テレビ、壁、ガラス、妄想、鞄、目の上を走る過去。乱雑に捉えるものが切り替わる中、頭を動かすと昔の臭いを幻覚の如く捉えてしまって、窓を開けようと思った。

そしてそのガラス戸の向こう、洗濯物を干すための小さなスペースを覗き込む。物干し台、ベランダ。どっちの方が適切な言い方なのだろう。月明かりと、暗闇に慣れた瞳が夜の中でもガラスにうっすら映る自分を捉える。いつものように目が乾ききっていた。誰かに死んだ牛の目に似ていると言われたことがある。牛は好きなので嬉しかった。嘘も乾ききっていた。

開けると、まずカラスの鳴き声が耳の中で横向きの線を描く。カラスの声は薙《な》ぐ。そのカラスが電線の上に留まるのを見上げながら、ベランダに下りた。スリッパやサンダルといったものは用意されていない。下りてから、なんとなく靴下を脱いで室内へ放り捨てた。

素足で降り立つベランダはろくに掃除されていないから、不愉快な汚れの感触が混じった。汚れたものに触れるときの嫌な感覚からするとぼくは結構、潔癖症なのかもしれない。

それはとても生きづらいだろうな、と思う。だって、ぼくも大きい汚れの塊だから。

素足の皮の跳ねるような音と共に前へ出て、室外機の隣に立つ。すのこみたいな穴開きの塀に手を置いて、遠くを見た。月の光が、月もろくに見えないのに届く。大きく口を開けてはその光に嚙みつく。上下の歯は勿論、意味もなく音を立てただけだった。その嚙み合わせが上手くいかなくて気持ち悪くなって肌をかきむしりたくなって死にたくなって綺麗に合わさるまで何回も何回も、繰り返した。

「ぁー」

今日はそんな夜の気分なのだろうか、若い頃のピュアな気持ちが溢《あふ》れ出《だ》している。最初についた嘘が頭の周りをぐるぐると回って、「ぁー」目がごろごろしている。

塀に寄りかかって、手足をぶら下げるように力を抜いた。くっつけた頬と首の力で身体を支えて、自堕落に息苦しくなる。

「自然がいっぱーい」

木々と畑を覗き込んで、超癒《いや》される。わざわざ人工物の側《そば》に自然を添えたがるのはなんなのだろう。自然が恋しいなら、こんな硬い建物に住もうとしなければいいのに。

「危ないなー……」

塀はぼくでも乗り越えられる高さしかない。素足の指がぐにぐにと、蠢く。そのまま下を見ていると、吸い寄せられていくように錯覚する。耳鳴りが、増していく。

いつもは床や地面がすぐ側にあって、倒れるくらいで済むけれど。

高い場所は危ないな、落ちたらどうするんだ。

「どうなるんだろう……」

落ちたら、大怪我だ。するかな、とより深く覗き込む。自然が目に優しい。和んでしまって嫌な気持ちは消えた。いや、認識できないくらい薄く、そして広がっていた。

いい感じだ。

落下して、死んでしまったらどうなるのか。意識は布団の中で閉じてもいつの間にか続いている。次がある。眠りには終わりがある。その終わりがないのが死。どういうことだ？　ぷつんと意識が途切れたら二度と繋がらない。理屈は分かっても想像ができない。想像も生きているぼくの頭の中でしか成立しないので限界がある。電源を根元から絶たれたテレビの気持ちが分かる人間はいるのだろうか。でもそれが死ぬ、死ぬってことだ。

これまでみんな、当たり前のように最後は死んできた。

テレビになれた。

ぼくもその一つになるっていうのは、だから、どういうことなんだ。

ぼくはテレビじゃない。

でもテレビになる。

テレビ。

テレビ！

気が狂いそうだった。もう少しだ、がんばれ。頭皮に爪を立てて粘る。引っ込まないように意識を摑み上げる。逃げるな、引くな、そこだ、無理してみろ。

鼓動があまりに強まって、心臓を噛みしめているようだった。胸の奥と口元があまりに近い。胸の痛みに骨まで連動して軋むようだった。明らかに健康に悪いことが起ころうとしている。健康志向のぼくがそんなことは許されないと早期解決を図ろうとしていた。しろ。

息が荒い。手が震えている。どうしてだろう？

なにかを怖がっている。

怖いものが迫っている。

だから、逃げなきゃ。

がつんがつんがつんと塀に肘を打ち付けるようにしながら、乗り越えていく。

後はちょっと膝で塀を蹴飛ばせば、身体は跳ねて、飛べない羽根を広げられる。二階ではあるけど、下に置いてあるごちゃごちゃとした古めかしいものが背中や胸に突き刺さればこの高さでも十分だろう。条件は整った。気持ちも十分乗っている。今しかないぞ。

これを逃したら、ぼくは。

ぼくは、また。

全身から、果汁みたいなものが搾られていく。

気力、渇望、嘆き、絶望。

「…………………………」

すべて、ぼくが前へ進むための力だった。

それらがなくなって、セミの抜け殻のように陥った身体が、力なく後ずさる。全身を引きずるようにして、塀から転げ落ちる。ベランダの方へ、ごくごく短くべちょっと硬い床に頬から落下して、目の中がぐるぐると回る。肉体より、心に響く衝撃だった。胸の少し下に直接届く痛みで呼吸が乱れる。道路で潰れたカエルみたいに平たくなって、起き上がる気力が回復するまでじっと待つ。

してしまうんだろうな、と諦念に似たものがぼくを悪寒と共に包んだ。するのだろうか。

ここまでは、いつも行ける。だけどそれ以上は踏み越えられない。

だって、ぼくは。

「まだ、死ねない」

汚泥に背中まで覆われているように重苦しいものを纏いながら、その言葉を絞り出す。

ぼくは、死ねないんだ。

なんで?

なんでって、それは、慣れてるから。

慣れたものから抜け出すのは、とても大変だ。

生きることにあまりに慣れてしまって、自分ではとても抜け出せない。

ぼくは誰かに背中を押してもらわないと、死ぬこともできない人間らしい。

でも、誰がそんなことしてくれるんだろう。

まともで優しい人たちは、ぼくに死ねなんてとても言わないし、突き落としもしない。

ぼくは、まともで優しい人たちには、まともで優しいままでいてほしい。

それなら残っているのは、人殺しくらいだ。

「人殺しねぇ……」

残念なことに人付き合いに積極的ではないから、心当たりは少ない。

ぼくが知る中で、まだ生きている人殺しは一人しかいなかった。

ああでも、いいなぁ。

誰かに殺されるとしたら、その子が一番いい。地球上で殺されてもいいランキングで堂々の一位だ。

それなら、素直に、死ねそうな気がする。

こけけけけ、とベランダにへばりついたまま笑う。笑い続ける。

「ああ、夢いっぱいだぁ……」

どうせ、夢を見るなら。
どうせなら、ただの人殺しよりは。
まーちゃんに背中を押してほしいなぁ、と願った。

それからしばらくが経ち、見守っているだけでは済まない状況が訪れて。
ぼくは再び、彼女と出会うことを迫られる。
動きだす直前、本当にいいのか、って自分に問う。
ここからもっと酷くなる可能性は大いにあった。
でもこれ以上間違っても、元より間違いだらけなのだから気づきもしない、と決めた。
だから、ぼくは。

＜初出＞
本書は、2007年6月に電撃文庫より刊行された『嘘つきみーくんと壊れたまーちゃん　幸せの背景は不幸』を加筆・修正したものです。

メディアワークス文庫

嘘《うそ》つきみーくんと壊《こわ》れたまーちゃん 完全版《かんぜんばん》

幸《しあわ》せの背景《はいけい》は不幸《ふこう》

入間人間《いるまひとま》

2023年3月25日　初版発行

発行者　山下直久
発行　株式会社KADOKAWA
〒102-8177　東京都千代田区富士見2-13-3
0570-002-301（ナビダイヤル）
装丁者　渡辺宏一（有限会社ニイナナニイゴオ）
印刷　株式会社暁印刷
製本　株式会社暁印刷

●お問い合わせ
https://www.kadokawa.co.jp/（「お問い合わせ」へお進みください）
※内容によっては、お答えできない場合があります。
※サポートは日本国内のみとさせていただきます。
※Japanese text only

※定価はカバーに表示してあります。

Printed in Japan
ISBN978-4-04-914759-9 C0193

メディアワークス文庫　https://mwbunko.com/

本書に対するご意見、ご感想をお寄せください。

あて先
〒102-8177　東京都千代田区富士見2-13-3
メディアワークス文庫編集部
「入間人間先生」係